Y FERCH WYLLT

Addasiad gan

Mari George

atebol

Y fersiwn Cymraeg
Y cyhoeddiad Cymraeg © Atebol Cyfyngedig, Adeiladau'r Fagwyr,
Llanfihangel Genau'r Glyn, Aberystwyth, Ceredigion, SY24 5AQ
Cyhoeddwyd gan Atebol yn 2018

ISBN 978-1-91-226156-7

Addaswyd i'r Gymraeg gan Mari George
Dyluniwyd gan Elgan Griffiths

Golygwyd gan Adran Olygyddol Cyngor Llyfrau Cymru
Cyhoeddwyd gyda chymorth ariannol Cyngor Llyfrau Cymru

www.atebol-siop.com

I Elen a Morgan

UN

O'n i'n gweiddi nerth fy mhen.

O'dd e'n rhywbeth gwallgo i'w wneud – pe bai rhywbeth yn dod o'r cyfeiriad arall, fydden i wedi cael fy chwalu'n rhacs. O'n i'n teimlo fel tase'r gwynt yn mynd i rwygo fy wyneb. Ro'dd blaen y beic yn crynu fel pe bawn i'n mynd gan milltir yr awr, ac ro'dd yr olwynion yn gweiddi hefyd. Caeais fy llygaid yn dynn gan aros i farw.

Yna clywais sŵn brefu.

Agorais fy llygaid a gweld gwartheg yn yr heol – llwyth ohonyn nhw.

Gwasgais i'r brêcs yn galed a gwyro i'w hosgoi nhw, ond daliodd blaen y beic mewn postyn ffens a chefais fy nhaflu oddi ar y beic. Roedd fy nghoes a fy mraich wedi eu rhwygo ar yr heol. Teimlais boen mawr yn lledu trwy fy nghorff wrth i mi orwedd yno. Roedd fy helmed wedi llithro dros fy llygaid a gallwn glywed olwyn fy meic yn clicio wrth droi. Clywais sŵn bref uchel, yn agos ata i. Tynnais yr helmed a gweld y gwartheg yn syllu i lawr arna i. Dyna ryfedd yw llygaid gwartheg – ma nhw'n wyllt ac yn llonydd fel pe baen nhw'n mynd i'ch sathru chi i farwolaeth. Ges i ofn dychrynllyd.

Codais yn araf ac yna daeth un o'r gwartheg ata i. Roedd hi'n anferth.

Daeth sgrech arall.

"Pam ti'n sgrechan?"

Roedd hi'n sefyll tu ôl i fi, fel un o'r gwartheg. Y Ferch Wyllt oedd hi. Mae hi mor fawr, fyddech chi byth yn credu ei bod yn dal yn yr ysgol, heb sôn am fod ym Mlwyddyn Wyth. Mae hi wastad mor grac hefyd – bochau coch a llygaid cul. Does neb yn hoffi hon.

"Cer â nhw o 'ma!" gwaeddais.

"Gwartheg y'n nhw, ddim crocodeiliaid," meddai. "Nawn nhw ddim byd i ti." Curodd ei dwylo. "Dewch, Siân, Rachel, Megan – bant â chi!"

Symudon nhw heb unrhyw broblem – o'n nhw'n ei hofni hi, siŵr o fod.

"Dylen nhw ddim bod ar yr hewl," dywedais wrth godi.

"Da godro y'n nhw, nage teirw," meddai'r Ferch

Wyllt. "Ac roeddet ti'n mynd yn rhy gyflym."

Rhegais yn dawel wrth godi fy meic. Falle taw embaras oedd yn gyfrifol.

Yna daeth menyw i'r golwg. "Helô," meddai, gan wenu arna i.

"Gwympodd hi off 'i beic," esboniodd y Ferch Wyllt.

Ei mam oedd hon, siŵr o fod. "O, ti 'di brifo dy goes, cariad," meddai wrtha i. "Wyt ti wedi dod yr holl ffordd 'ma i weld Kate?"

O'n i'n gwingo, ond cyn i mi allu dweud unrhyw beth roedd hi'n mynnu fy mod i'n mynd mewn i'r ffermdy i mi gael dod ataf fi fy hun. Felly dyma fi yng nghegin y Ferch Wyllt yn bwyta cacen ac yn yfed te ar ôl bod allan ar fy meic yn yr oerfel. O'dd e'n hyfryd, ond o'n i'n poeni beth fyddai Siân yn ei ddweud.

Tra bod ei mam yn cael golwg ar y briwiau ar fy nghoesau, doedd y Ferch Wyllt ddim hyd yn oed yn edrych arna i. Roedd hi'n eistedd ac yn syllu allan o'r ffenest. Yna cododd hi, dweud ei bod yn mynd i'r sied a cherdded allan.

"Ma hi'n mynd i odro," eglurodd ei mam wrth glymu'r cadach. "Croeso i ti fynd i'w gwylio hi."

Wel, doeddwn i ddim yn gallu dweud nad oeddwn i'n hoffi gwartheg na'r Ferch Wyllt. Felly fe es i.

Roedd y gwartheg i gyd yn aros yn amyneddgar i fynd i mewn i'r sied laeth. Gwyliais eu hanadl yn creu cymylau bach o fwg yn yr aer oer. Gwthiodd y Ferch Wyllt heibio iddyn nhw, fel pe bai'n gwthio plant i'r ochr yng nghoridor yr ysgol. Syllodd rhai o'r gwartheg arna i yn gas gan wneud i mi boeni.

Taflodd y Ferch Wyllt gipolwg ata i. "Dal yn ofnus?"

Roedd ei geiriau'n dân ar fy nghroen i, felly dyma fi'n cymryd y cam mawr o'i dilyn hi. Roedd y gwartheg mor dal â fi ac mor llyfan â char – yn anferth – ac roedden nhw'n drewi!

Agorodd y Ferch Wyllt giât fetel a dilynodd y gwartheg hi. Arhosais yn y cefndir wrth ymyl tanc gwydr mawr. Aeth rhai o'r gwartheg yn syth i'w safleoedd godro heb wthio na dadlau wrth i'r gweddill aros eu tro. Aeth y Ferch Wyllt ati i gysylltu peipiau i'r cadeiriau, un ar y tro. Roeddwn i wedi gweld hyn ar y teledu, ond mae gweld y peth go iawn yn wahanol. Doeddwn i ddim yn gallu tynnu fy llygaid oddi arni, a dweud y gwir. Sugnodd y pympiau'r llaeth ar hyd y peipiau wrth i'r gwartheg fwyta o gafn o'u blaenau, ac yna dechreuodd llaeth lifo i'r tanc wrth fy ymyl i. Doedd hi ddim yn hir tan fod y Ferch Wyllt yn barod am y criw nesaf o wartheg. "Ti moyn rhoi'r peipiau mlân?" gofynnodd.

Roedd gormod o ofn arna i. "Ma rhaid i fi fynd 'nôl."

"Cer 'te," meddai.

Hen ast, meddyliais. "Iawn!"

Gadewais i hi yn y fan a'r lle.

DAU

Des i lawr rhan olaf allt Craig-y-nos heb ddefnyddio'r pedalau, gyda fy llygaid ar agor y tro hwn. Arhosais i'r beic ddod i stop. Doedd neb ar gyfyl y lle, fel pe na bai yr un enaid byw ar ôl yn y byd heblaw amdana i. Do'n i ddim wedi dod o hyd i'r rhaeadr o'n i'n chwilio amdani felly mi o'n i wedi cael digon.

Des i oddi ar y beic a gorwedd yng nghanol yr heol. Peth gwallgo efallai, ond mi oeddwn wedi cael llond bol a ddim eisiau mynd adref, ddim yn syth.

Teimlai'r heol yn galed ac oer wrth i mi syllu ar y cymylau ar frig y coed uwch fy mhen. Mi oeddwn wrth fy modd â'r tawelwch – roedd yn rhywbeth anarferol. Pan ddechreuodd hi fwrw glaw, chodais i ddim. Teimlai'r diferion yn oer. Roedd fy nghoes a'm braich yn brifo lle roedd mam y Ferch Wyllt wedi fy nhrin, a meddyliais am y gwartheg gwallgo yn syllu arna i. Bydden nhw 'nôl yn y caeau erbyn hyn. Efallai nad oedd ots ganddyn nhw am y glaw.

Clywais gar yn dod i lawr yr allt. Dylwn i fod wedi codi, ond ar ôl popeth oedd wedi digwydd doedd dim ots gen i. Hyd yn oed wrth iddo agosáu symudais i ddim. Sgrechiodd yr olwynion wrth iddyn nhw ddod i stop y tu ôl i mi. Clywais ddrws y car yn agor.

"Ti'n iawn?" Roedd ffermwr yn syllu i lawr arna i.

"Na ... wel, ydw."

Codais. Roedd rhywbeth cyfarwydd am ei wyneb, ond roedd i'w weld yn fwy crac na phryderus. Wrth iddo fynd 'nôl mewn i'r tryc codais fy meic a symud o'r ffordd. Gwyliais y ffermwr yn gyrru i ffwrdd, a phan oeddwn ar fin gorwedd eto canodd fy ffôn. Mam oedd yna.

"Ie?"

"*Ble wyt ti?*"

Doedd dim unrhyw ffordd yr oeddwn yn mynd i ddweud wrthi am beth yr oeddwn wedi bod yn chwilio, na 'mod i wedi beicio'r holl ffordd o ben y cwm gyda fy llygaid ar gau a bron â chael fy lladd gan wartheg. "Mas ar y beic."

"*Ma Ruby wedi marw,*" meddai, fel pe bai hi'n dweud

12

wrtha i fod swper yn barod. Ci fy mam-gu oedd Ruby.

"Wedes i y byddet ti'n mynd draw i gladdu'r ci iddi."

"O, Mam! Allet ti a Darren neud e?"

"*Ocê, Gemma, af i 'te ife? A gelli di ddod 'nôl fan hyn a neud swper gyda dy frawd? Ti'n gwbod faint o'dd dy fam-gu'n dwlu ar y ci 'na ...*"

"Ocê, ocê. Af i draw nawr!"

Mi o'n i wedi bod mas yng nghefn gwlad, ond nawr y cwbl oedd o fy nghwmpas i oedd concrit a drysau metel – mi o'n i 'nôl ar stad Bryn Mawr ar ôl beicio am ddeg munud. Dw i'n byw yn rhan newydd y Mawr, sy'n stad fawr yn sownd i'r hen ran. Mae Comin Bryn Mawr yn y canol, sy'n llawn sbwriel a darnau o gelfi. Fyddech chi ddim eisiau byw fan hyn, a bod yn onest. Mae hen ran y Mawr ychydig yn well. Mae rhesi o strydoedd teras, lle mae Mam-gu'n byw, a lonydd cefn gan bob un ohonyn nhw. Mae gan Mam-gu dŷ ar un o'r terasau.

Erbyn i fi gyrraedd roedd hi'n bwrw'n drwm. Es i i'r iard gefn. Agorodd Mam-gu'r drws a syllu lan ar yr awyr lwyd.

"O leia bydd hi'n haws i balu," meddai, wrth i fi sefyll o'i blaen hi'n gwlychu at fy nghroen.

"Paid gofyn i fi ddod mewn 'te, Mam-gu!"

"Sori," meddai, ac o'n i'n teimlo'n euog gan ei bod

hi newydd golli ei chi, er nad o'n i erioed wedi hoffi'r creadur.

Wrth i fi balu'r twll, roedd Mam-gu'n gwylio o'r ffenest gefn.

"Cofia fod isie lle i'r llwyn hefyd!" gwaeddodd.

"Iawn, Mam-gu!" O'n i'n rhewi ac yn ceisio bod yn amyneddgar, ond o'n i eisiau gorffen cyn gynted â phosibl. Mam-gu oedd yr unig un oedd yn hoffi Ruby, achos hi oedd yr unig berson oedd hi ddim yn chwyrnu ato neu'n ei gnoi. O'n i'n gallu teimlo rhywun arall yn fy ngwylio i, a phan edrychais i fyny fe welais i Mr Banerjee yn syllu arna i dros y wal o drws nesaf. Mae'n rhaid ei fod e'n naw deg oed ac mae ganddo lygaid annifyr, chwyddedig.

"Y ci 'di marw?" gofynnodd.

Nodiais fy mhen. Yna agorodd y drws i'r lôn gefn a daeth Jamie Thorpe mewn.

"Be sy'n bod, Gemma?"

"Claddu Ruby."

"Cŵl." Safodd yna yn y glaw, fel pe bai hi'n ddiwrnod braf.

Curodd Mam-gu'r ffenest. "Cer o fan hyn!"

Anwybyddodd Jamie hi. "Cnodd y ci 'na fi un tro. O'dd rhaid ca'l *injection*."

"Ie, fi'n cofio – o'dd Ruby'n casáu ca'l yr *injection* 'na."

14

"Na, fi gafodd yr *injection*."

Ddeallodd e ddim mod i'n bod yn goeglyd — mae e ychydig bach yn dwp.

"Dere, Jamie!" gwaeddodd rhywun o'r lôn gefn.

Daeth Mam-gu allan i'r iard gefn. "Cer o fan hyn, yr hen *hoodie*!"

"Sa i'n gwisgo *hoodie*," atebodd Jamie.

Martsiodd Mam-gu draw ata i, cydio yn y rhaw a'i chwifio ato. "Cer neu bydda i'n palu twll mwy."

Syllodd Jamie arni heb symud. Felly dyma Mam-gu'n mynd amdano. "Y cythrel …"

Plygodd ei ben a rhedeg. "Falch bo'ch ci chi 'di marw!" gwaeddodd.

Caeodd Mam-gu'r drws cefn a throi ata i.

"Paid jyst sefyll 'na!"

"Dyw e ddim werth e, Mam-gu."

"Wy ddim hyd yn oed yn ca'l llonydd i gladdu Ruby. A dorrodd rhywun mewn i dŷ Mave druan ddoe tra o'dd hi gartre …" Cododd Mam-gu ei breichiau i'r awyr. "Ma'r lle 'ma 'di mynd i'r diawl!"

Roedd hi'n colli arni ac o'n i ychydig yn ofnus. Aeth hi mewn i'r tŷ a dod 'nôl gyda'r ci mewn blanced. Es i draw i'w gymryd oddi arni.

"Na. Dw i eisiau ei wneud e."

Agorodd drws y lôn gefn eto. Trodd Mam-gu yn sydyn, ond Mr Banerjee oedd yn sefyll yna yn ei wisg

Indiaidd hir. Camodd ymlaen a gosod blodau ar gorff Ruby. "I ysbryd y ci," meddai.

Dechreuodd Mam-gu grio. "Diolch."

Penliniodd a gosod Ruby yn y twll gan gymryd amser i wneud yn siŵr ei bod yn daclus. Roedd Mr Banerjee yn dweud gweddi Indiaidd, dw i'n meddwl, tra mod i'n sefyll yna'n gwlychu.

Pwyntiodd Mam-gu at y llwyn yr oedd hi wedi ei brynu. Es i ag ef iddi. Gosododd hi'r llwyn yn y twll a gosod y pridd o'i gwmpas, gan ei wasgu'n ofalus. Arhosodd ar ei phengliniau am amser, gan ddweud hwyl fawr wrth Ruby, siŵr o fod. Yn y diwedd, cododd ac edrych lan ar yr awyr. Syrthiodd glaw ar ei hwyneb. Crychodd ei gên a dechreuodd grio. Cyffyrddais â'i braich. "Mam-gu?"

Edrychodd arna i'n rhyfedd. "Arhosa i gael rhywbeth i'w fwyta gyda fi."

Roedd hi fel petai'n ymbil arna i. O'n i'n teimlo'n flin drosti, felly nodiais. Ond a bod yn onest, mae'n well gen i fwyta gyda Mam-gu na mynd adref.

TRI

Mae gan Mam-gu dân go iawn. Un o'r pethe mae hi'n 'i wneud i gadw'n brysur. Mae hi bob amser yn dweud, "*Os na wnewch chi gadw'n brysur, wnewch chi fynd yn wan a marw.*"

O'n i'n llwytho'r tân pan ddaeth Mam-gu 'nôl mewn. Dyma fi'n tisian.

"Dere, ferch. Cer lan lofft," meddai. "Sycha dy hunan a gwisga un o siwmperi dy dad-cu." Doedd dim pwynt i fi ddadlau â hi pan oedd hwyliau fel 'na arni.

Roedd amser maith ers i fi fod i stafell wely Mam-gu. Sychais fy hunan a chwilio am rywbeth i'w wisgo. Mae Mam-gu'n cadw popeth. Agorais ddrôr a dod o hyd i siwmperi Dad-cu. Doeddwn i braidd yn ei gofio, ond yn sydyn mi oeddwn yn teimlo'n drist – roedd Mam-gu'n potsian lawr llawr ac roedd Dad-cu mor farw â Ruby. Roedd arogl stêl ar y siwmperi, ond mi oeddwn i eisiau mynd yn ôl at y tân, felly cydiais yn yr un agosaf a'i gwisgo.

Cyn i fi fynd, clywais swn chwibanu. Am eiliad credais mai tegell Mam-gu oedd yn gwneud y swn, ond roedd yn dod o drws nesaf, ochr y Banerjees. Rhoddais fy nghlust yn erbyn y wal. Roedd rhywun yn canu'r ffliwt. Roedd hi'n amlwg nad record oedd yn chwarae – roedd rhywun yn chwarae go iawn.

"*Gemma!*" gwaeddodd Mam-gu o lawr llawr. "*Beth ti'n neud?*"

Erbyn i fi fynd lawr llawr roedd y bwrdd wedi ei osod yn llawn bara, ham, caws a phicl Mam-gu.

"Isie help?" gofynnais.

Daeth hi drwodd gyda phot o de. "Na. Eistedda."

Eisteddodd a dechrau taenu menyn ar y bara. Doeddwn i erioed wedi gweld Mam-gu mor ddifrifol a thawel.

"Wy'n llwgu," dywedais.

Y cwbl y gallech ei glywed oedd swn clinician ei chyllell yn erbyn y plât, ac roedd hi'n gwneud dim ond syllu ar y bwrdd wrth iddi fwyta.

"Beth ddigwyddodd i Mave 'te?" gofynnais.

"Torrodd rhywun mewn," meddai, yn dal i syllu o'i

blaen. "Atebodd hi'r drws ac roedd bachgen yna yn gofyn i gael gwneud jobsys. 'Na,' medde hi, ond dyma fe'n ei chadw hi i siarad. Yna dyma hi'n clywed sŵn o'r tŷ. Aeth hi 'nôl mewn a dal bois yn edrych trwy'i chypyrddau hi. Nethon nhw ddianc gyda jar o ddarne punt."

"Ofnadw," dywedais.

Ochneidiodd Mam-gu. "Mae'n gwaethygu ar y Bryn Mawr. Ni gyd yn mynd lawr i swyddfa'r post gyda'n gilydd i gasglu'n pensiynau achos bo ni'n ofnus alle rhywbeth ddigwydd ar y ffordd 'nôl. Ma'r stad 'ma yn hyll, fel tasen ni yng nghanol rhyfel. Mae ofn arnon ni gyd ar y teras 'ma – ofn agor y drws i ddyn diarth. Ni fel sen ni yn y jael."

Roedd hi i'w gweld wedi diflasu.

"Glywes i rywun yn whare'r ffliwt drws nesa," dywedais er mwyn newid trywydd y sgwrs.

"Ŵyr Mr Banerjee. Mae ei deulu 'nôl yn yr ardal."

"O ie?" meddwn i. Doedd dim diddordeb gen i – dw i ddim yn gwneud llawer gyda'r Banerjees. "Ma nhw'n rhyfedd, on'd y'n nhw?" meddwn i.

"Na," meddai Mam-gu'n flin. "Ma nhw'n bobl hyfryd. Yn fy marn i, galle fy nheulu fy hunan ddysgu ambell i beth wrthyn nhw. Symudon nhw 'ma er mwyn bod yn agos at Mr Banerjee. Ma nhw'n gofalu am ei gilydd, ac amdana i … yn fwy na fy merch fy hunan."

"*Dw i* yma, Mam-gu."

"A pryd o'dd y tro dwetha i ti alw draw?"

19

"Dydd Sul dwetha."

"Na. Y dydd Sul cyn 'nny."

"O."

Eisteddodd y ddwy ohonon ni mewn tawelwch.

"Dw i'n casáu gwartheg," meddwn i.

Edrychodd Mam-gu i fyny, ei thalcen wedi crychu.

"Beth ma buwch 'di neud i ti erioed?"

"Ma nhw'n codi ofn arna i," meddwn i. "Y ffordd ma nhw'n syllu arnoch chi." Roedd hi'n gwrando'n astud, felly dyma fi'n dweud wrthi beth ddigwyddodd gyda'r Ferch Wyllt, gan ail-greu'r holl beth iddi. "O'dd un o'r gwartheg ar fin cerdded drosta i!"

Cliciodd Mam-gu ei thafod.

"Ac yn sydyn daeth y Ferch Wyllt o unlle …"

"Pwy?"

"Merch od o'r ysgol. Y Ferch Wyllt ni'n 'i galw hi. Ma hi'n fawr ac yn hala ofn ar bawb, fel 'i gwartheg hi. 'Newn nhw ddim byd i chi,' ma hi'n dweud."

"Ma hi'n iawn," meddai Mam-gu.

Roedd hi'n gwrando, ac o'n i'n falch, hyd yn oed os oedd hi'n meddwl mod i'n real babi. Dywedais i wrthi am fam y Ferch Wyllt yn glanhau fy mriwiau ar y fferm ac yna'r profiad o wylio'r Ferch Wyllt yn godro'r gwartheg. Pan o'n i wedi gorffen gofynnodd Mam-gu, "Beth yw enw iawn y ferch?"

"Kate Thomas."

Nodiodd ei phen. "Dw i'n credu o'n i'n nabod ei thad-cu."

"Shwt?"

"Pan o'n i'n gweithio ar y tir amser y rhyfel, o'n i ofn gwartheg 'fyd, ar y dechrau. Yn neud 'y ngore i'w hosgoi nhw, tan fod dim dewis gen i. Ond cyn hir sylweddoles i 'u bod nhw'n greaduriaid neis ac addfwyn. O'dd rhaid i fi 'u godro nhw, â llaw cofia, do'dd dim o'r busnes peiriannau 'ma …"

O'n i wedi 'i chlywed hi'n siarad o'r blaen am weithio ar fferm yn ystod y rhyfel, ond y tro hwn o'dd y stori yn teimlo'n berthnasol. Dim ond un ar bymtheg oedd hi. O'dd hi'n godro'r gwartheg a helpu ar y caeau a phob math o bethe.

"... O'n i wedi blino'n rhacs bob nos," meddai.

"Yn mynd i'r gwely'n syth ar ôl swper, weithie mor gynnar â naw o'r gloch. Yna, cyn pen dim roedd gwraig y ffermwr yn cnocio ar y drws eto. 'Dewch ferched! Codwch.' Doedd e byth yn dod i ben. Ond ar ôl cwpwl o wythnose, dechreues i ddod i arfer ac o'n i wrth fy modd, fel tase fe yn fy ngwaed i. Roedd un gweithiwr fferm dw i'n cofio – cryf a braidd yn dweud gair – rhai blynydde'n hŷn na fi. Ei enw o'dd Gareth Thomas. Dw i'n credu taw fe o'dd tad-cu Kate."

Roedd golwg bell arni am rai eiliadau, yna cododd a dechrau casglu'r platiau "Well i ti fynd 'nôl at dy fam."

21

"Mae'n olreit," atebais, gan ei bod yn well gen i aros gyda Mam-gu ar ôl y diwrnod o'n i wedi ei gael.

"Na. Cer di 'nôl, ond dw i eisiau i ti wahodd Kate 'ma i ga'l cinio."

Ro'n i methu credu'r peth. "Na, Mam-gu," atebais mewn panig.

Rhoddodd y platiau ar y bwrdd yn galed a phwyntio ata i. "Dw i newydd gladdu Ruby, Gemma. Wyt ti wedi anghofio? Dw i ddim yn gofyn llawer ohonot ti. Ac os wyt ti eisiau'r pum punt yna bob hyn a hyn tu ôl i gefn dy fam, fe nei di beth dw i'n dweud."

"Ond dw i ddim yn nabod hi, Mam-gu!"

"Na, ti'n iawn – ti mond 'di bod yn ei thŷ hi i ga'l te a cha'l ei mam hi i roi plastars ar dy friwie di a gwylio hi'n godro. Na, dwyt ti ddim yn nabod hi o gwbl, wyt ti?"

"Ond …"

"Ti ofn hi, o'nd wyt ti?"

"Na."

"Merch yw hi, Gemma, jyst fel ti. A dylet ti ddim ei galw hi'n Ferch Wyllt. Ei henw hi yw Kate. Ma hi'n swnio'n ferch arbennig, felly dw i am i ti ei gwahodd hi am ginio'r diwrnod ar ôl fory. Gallwch chi ddod fan hyn a bod 'nôl yn yr ysgol mewn dim amser." Agorais fy ngheg ond cododd Mam-gu ei llaw. "Ti'n ei gwahodd hi a dyna hi!"

Grêt, o'n i'n meddwl. *Blincyn grêt.*

22

PEDWAR

"Ble ti 'di bod?" gofynnodd Mam.

"Tŷ Mam-gu."

"Tan nawr?"

"Mam, beth ti'n dishgwl i fi neud, claddu Ruby a rhedeg o 'na?"

"Buest di ache, Jamma," meddai Darren, oedd yn gorwedd fel cath ar y soffa. "Pa mor hir mae'n cymryd i gladdu blincyn ci?"

"Ca dy ben, a paid galw fi'n Jamma."

Gwenodd. "Falle oedd hi gyda'i sboner, Mam?"

"Beth? Pa sboner?"

Teimlais fy wyneb yn mynd yn goch, a does gen

i ddim cariad hyd yn oed. "Anwybydda fe, Mam."
Roedd Darren yn ceisio fy nghorddi, fel arfer.

"Wedodd hi bo hi'n ca'l ci arall?" gofynnodd Mam.

"Na. Ma hi newydd gladdu Ruby."

"Wel, gobeithio na chaiff hi un arall."

"Pam? Beth sy'n bod ar gael ci arall?"

"Gemma, nag yw e wedi croesi dy feddwl di bod
y twpsyn tad 'na sy 'da ti 'di ngadel i mewn strach
ers iddo fe fynd i'r jael. Dw i angen pob help – o ran
arian a phopeth arall. Sa i moyn dy fam-gu yn towlu
ei harian bant ar gi neu gath arall."

"Pam? Achos ti moyn e?"

Daeth golwg ddu dros wyneb Mam. "Beth wedest di?"

"Wedodd hi, 'Achos ti moyn e', Mam," meddai
Darren, gan neidio ar ei draed.

"Paid ti byth â siarad 'da fi fel 'na, Gemma."

"Na!" meddai Darren gan grechwenu.

Ges i lond bol. Cydiais i ynddo fe a'i wthio 'nôl nes
iddo daro'r cwpwrdd. "Ca dy geg, y diawl drwg."

"Mam!" gwaeddodd. Gwthiais i ei ben e yn erbyn y
cwpwrdd eto nes i gerflun Dad o Tom Jones ysgwyd.
Ceisiodd Darren gyrraedd fy wyneb ond mae fy
mreichiau i'n hirach.

"Gad e fod, Gemma!" gwaeddodd Mam, ond wnes
i ddim.

"Dw i 'di ca'l digon o dy wallt seimllyd di, dy bants

24

brunt ar lawr y stafell ymolchi. Ma llygoden fawr yn lanach na ti …"

"Mam! Gwed wrthi."

Gwthiodd e fi. Wnes i ei wthio fe 'nôl, ac ysgydwodd Tom Jones hyd yn oed yn fwy.

"… y ffordd ti'n stwffio dy frecwast, dy fys di wastad lan dy drwyn di, o flaen y teledu …" O'n i'n beio Darren am bopeth – Dad yn y jael, Mam yn grac 'da fi o hyd, Mam-gu yn ofn mynd mas.

"Dyna ddigon, Gemma!"

Cydiodd Darren yn fy ngwallt, felly gydiais i yn ei wallt e. Rhoddodd Mam ei breichiau o nghwmpas i. "Gad e fynd!" Roedd hi fel pe bai'r tri ohonon ni'n ymladd ac yn cwtsio ar yr un pryd.

Trawon ni mewn i'r cwpwrdd. Syrthiodd Tom Jones ar y llawr a thorri. Tynnais i wallt Darren unwaith eto yn galed iawn a syrthion ni gyd ar y llawr mewn pentwr.

"Dw i 'di cael digon ohono fe," dywedais wrth godi.

"Ma hi'n nyts!" gwaeddodd Darren.

Y cwbl wnaeth Mam oedd gorwedd yna.

"Ti'n iawn, Mam?" gofynnodd Darren. "Ti moyn i fi alw ambiwlans?"

"Paid bod mor dwp!" dywedais.

"Ti bron â lladd Mam," meddai Darren gan ei thynnu i'w thraed.

Ochneidiodd Mam. "Pam ydych chi *wastad* yn ymladd?"

"'I fai e o'dd e, Mam," atebais.

"Nage," meddai Darren, gan guddio y tu ôl iddi.

"Dw i ddim yn gwbod beth sy 'di digwydd i ti, Gemma, wir i Dduw. Cer i dy stafell, a gei di anghofio am dy swper."

"Ges i swper 'da Mam-gu," meddwn i gyda golwg ddi-hid ar fy wyneb. Wrth i fi ddringo'r grisiau clywais i Darren yn dweud, "Ma hi off 'i phen yn llwyr, on'd yw hi, Mam?"

Ma fe'n gymaint o ddiawl.

Wnes i ddim troi'r golau mlaen yn fy stafell – dim ond gorwedd ar y gwely a meddwl am orfod gofyn i'r Ferch Wyllt ddod i dŷ Mam-gu i gael cinio. Ond o'n i ddim eisiau meddwl am y peth, felly meddyliais am beth allai Dad fod yn gwneud yn ei gell ar hyn o bryd. Ond doeddwn i ddim am feddwl am hwnna chwaith. Gyda phopeth oedd wedi digwydd – methu dod o hyd i'r rhaeadr, y gwartheg yn dod ata i, Ruby yn marw a fi'n ymladd gyda Mam a Darren – yn sydyn teimlais yn grac, ond o'n i ddim eisiau crio.

Wna i ddim, wna i ddim, wna i ddim.

Felly bwriais y fatras gyda fy nyrnau a gweiddi mor uchel ag y gallwn i.

PUMP

O'dd hi'n rhewi ar y bws ac roedden ni wedi ein gwasgu at ein gilydd fel gwartheg yn aros i gael eu godro. Roedd y Ferch Wyllt yn eistedd wrth y ffenest yn syllu trwy gylch roedd hi wedi ei lanhau ar y gwydr oedd wedi stemio. Sylwais fod ei dwylo'n goch a chwyddedig – efallai mai dyna beth oedd yn digwydd os oeddech yn godro gwartheg drwy'r amser. Dw i ddim wedi ei gweld hi'n gwenu, nid mod i'n mynd o gwmpas y lle yn gwenu drwy'r dydd chwaith.

"Edrych arni," meddai Siân, wrth wthio'i gên tuag at y Ferch Wyllt. "Shwt ma dy wartheg gwyllt di?" gwaeddodd.

Y cwbl wnaeth y Ferch Wyllt oedd dal i syllu drwy'r ffenest.

Chwarddon ni gyd. Roedd gan Siân Jenkins wyneb. Doedd neb yn dadlau â hi. Mae hi'n credu ei bod hi'n grêt bod gen i dad yn y jael, ac mae hi'n gofyn am ei hanes e o hyd, ond fyddai'n well gen i pe na fyddai hi'n gwneud hyn. Wnes i ddim dweud wrthi mod i wedi cwrdd â'r Ferch Wyllt ddydd Sadwrn – roedd yn haws peidio.

"Ocê, ferch," meddai Siân, yn ddi-ildio. "Pa mor wyllt wyt ti'n teimlo heddi?"

Rhagor o chwerthin. Edrychodd y Ferch Wyllt arna i'n gyflym. Ro'n i'n gwbod beth oedd hi'n feddwl – *wnes i helpu ti a rhoi te i ti a nawr ti'n chwerthin am fy mhen gyda Siân a'r criw.*

Daethon ni oddi ar y bws y tu allan i'r ysgol, ac arhosodd Siân amdani. O'n i'n gallu dweud bod hwyliau gwael arni a doeddwn i ddim yn hoffi'r ffordd roedd pethau'n mynd. "C'mon Siân!" dywedais.

"Aros," meddai, gan gadw llygad ar ddrysau'r bws. Y Ferch Wyllt oedd yr olaf i ddod oddi ar y bws.

"Dw i ddim yn hoffi cael fy anwybyddu," meddai Siân wrthi.

Doedd y Ferch Wyllt ddim fel petai'n ei hofni o gwbl – efallai nad oedd ofn unrhyw un arni. "Fyddwn ni'n hwyr i'r ysgol," meddai.

Pan geisiodd gerdded yn ei blaen safodd Siân yn ei ffordd a'i gwthio. Ni symudodd y Ferch Wyllt, roedd hi fel wal.

Yna fe sylwais i ar Darren gyda'r brodyr Tobin. Beth ma nhw'n neud? meddyliais. Roedd y Tobins yn ddrwg, a gan nad ydyn nhw byth yn yr ysgol ma nhw'n cael eu gadael allan o bethau. Yna clywais waedd.

Edrychais yn ôl. Roedd Siân yn hongian dros ysgwyddau'r Ferch Wyllt, yn cicio'i choesau ac yn gweiddi. Do'n i methu credu'r peth – roedd y Ferch Wyllt yn ei chario hi.

"Rho fi lawr, y fuwch!"

"Diolch am y compliment!" meddai'r Ferch Wyllt a martsio i ffwrdd.

Geision ni ei pherswadio i roi Siân i lawr ond gwthiodd y Ferch Wyllt bob un ohonon ni i'r ochr fel chwaraewr rygbi. Mae hi mor gryf. Roedd Siân yn dal i gicio a gweiddi. Roedd plant yn chwerthin ac mae'n rhaid i fi gyfadde fod e'n ddoniol, ond roedd rhaid i fi esgus fy mod i'n grac. Yna trodd y Ferch Wyllt i mewn i'r siop ger yr ysgol.

Gwgodd y fenyw tu ôl i'r cownter pan welodd y Ferch Wyllt â merch dros ei hysgwydd. "Llaeth banana, plis," meddai'r Ferch Wyllt.

"RHO FI LAWR!" gwaeddodd Siân.

"Mae hi'n casáu'r ysgol," meddai'r Ferch Wyllt wrth y fenyw wrth dalu.

Y tu allan, roedd plant wedi ymgasglu yn y stryd ac wrth i ni fynd yn ein blaenau, daeth rhagor o blant ar ein holau. Pan aethon ni mewn i'r ysgol roedd torf o'n hamgylch ni. Gwthiodd Mr Beale ei ffordd drwy'r dorf. "Beth sy'n digwydd 'ma?"

"O'n i'n poeni'n bod ni'n mynd i fod yn hwyr i'r ysgol, syr," meddai'r Ferch Wyllt.

"Dere nawr, rho hi lawr."

Unwaith i Siân roi ei thraed ar y ddaear ceisiodd fwrw'r Ferch Wyllt ond cydiodd honno yn ei braich a'i throi. Sgrechiodd Siân.

"'Na ddigon," meddai Beale. "Nawr beth yn y byd sy'n bod?"

"Buwch wyllt yw honna," meddai Siân.

"Bach yn anniolchgar, nag y'ch chi'n meddwl, syr?" meddai'r Ferch Wyllt. "Nes i'n siŵr na fyddai hi'n colli 'i gwers gynta a dyma'r diolch mae'n ei roi i fi."

Beth oedd yn ddiddorol oedd y byddai'r rhan fwyaf o ferched wedi dweud nath Siân hyn neu ddwedodd Siân y llall, ond nid un fel 'na oedd y Ferch Wyllt. Doedd dim ots ganddi. Mae'n rhaid i fi gyfadde, roedd hi'n ddewr iawn.

Yn ystod yr awr ginio fe'i gwyliais hi'n cerdded o

gwmpas yr iard fel pe bai ar ddyletswydd. Wnaeth hi ddim siarad â neb ond roedd rhaid i fi wneud yn siŵr nad oedd Siân yn fy ngweld i'n siarad â hi. Pan welais i hi'n mynd i'r tŷ bach, achubais ar fy nghyfle.

Roedd merch wrth y sinc yn edrych yn y drych ac roedd drysau'r ddau giwbicl ar gau. Es i mewn i'r trydydd un. Clywais i'r tsiaen yn cael ei dynnu. Daeth merch allan a gadael gyda'r ferch wrth y sinc, felly es i amdani.

"Mae Mam-gu eisiau i ti ddod i gael cinio fory." Tawelwch. Curais i ar wal y ciwbicl.

"Pwy sy 'na?"

"Gemma. Mae fy Mam-gu eisiau i ti ddod i gael cinio fory."

"Pam?"

"Sa i'n gwbod."

"Sut mae hi'n gwbod amdana i 'te?"

"Ddywedes i am dy wartheg di. O'dd hi'n arfer bod yn beth ti'n galw yn ystod y rhyfel – yn gweithio ar fferm …"

"Gweithio ar y tir, yn *landgirl*?"

"Ie." Oedais. "Wel?"

"Dim diolch."

Tynnodd hi'r tsiaen.

"Ma rhaid i ti," dywedais i wrth iddi fynd i olchi ei dwylo.

"Gofynna i Siân fynd."

"Sdim gwartheg 'da Siân," dywedais. "Drycha, bydd Mam-gu ddim yn credu mod i wedi gofyn i ti os na wnei di ddod."

Daeth criw o ferched mewn. Gadawais yn teimlo'n grac.

Pan ddaeth y Ferch Wyllt allan dilynais i hi. "Ti'n dod neu beidio?"

Trodd hi arna i. "Pam ddylen i?"

"Ma'r ddwy 'noch chi'n hoffi gwartheg, mae bwyd am ddim ac mae ei chi hi newydd farw."

Edrychais y tu ôl iddi a gweld Siân a'r criw yn dod tuag aton ni.

"Plis," dywedais.

Syllodd y Ferch Wyllt arna i. "Iawn. Ond dy fod ti'n cerdded yna ac yn ôl gyda fi."

Ro'n nhw'n dod yn agosach.

"Iawn."

Roedd Siân yn edrych yn syth aton ni.

"Tu fas yr ysgol, hanner awr wedi deuddeg fory," dywedais, a cherdded i ffwrdd.

CHWECH

"Beth oeddet ti'n neud gyda'r brodyr Tobin bore 'ma?" gofynnais i Darren o flaen Mam.

Aeth e'n wyn. "Dw i ddim yn gwbod am beth mae'n sôn, Mam."

Canodd y ffôn i'w arbed rhag gorfod esbonio. "Dy dad fydd hwnna."

Dw i wastad yn gadael i Darren siarad â Dad yn gynta, yn rhannol achos mae wastad eisiau gwneud, ond yn bennaf achos dw i byth yn gwybod beth i'w ddweud. Dw i wastad yn mynd yn nerfus wrth aros i siarad gyda fe, fel pe bydden i'n aros i fynd ar lwyfan neu ddarllen rhywbeth yn uchel yn y dosbarth. Felly es i i ben y grisiau tra bod Darren yn clebran.

Wrth i mi eistedd yna meddyliais am y lle gyda'r rhaeadr – y lle o'n i am ddod o hyd iddo. O'n i'n cofio Dad a Darren yn herio'i gilydd i roi eu pennau yn y dŵr rhewllyd a gweld pwy allai aros yno hiraf. Mam a fi yn chwerthin. Darren roddodd y gorau iddi'n gyntaf. Dw i'n cofio mynd mewn i ryw fath o lesmair wrth i mi wylio'r dŵr yn syrthio. Aeth yn niwlog, fel pe bai ddim yna go iawn – fel rhith. Yn llifo a llifo, ymlaen ac ymlaen am byth.

"*Gemma! Dere i siarad gyda dy dad.*"

Es i'n nerfus wrth fynd lawr y grisiau.

Roedd Darren yn ôl yn gwylio'r teledu.

"Ble ti 'di bod?" sibrydodd Mam.

Cydiais yn y ffôn. "Haia, Dad."

"*Gemma! Shwt mae'n mynd?*"

"Iawn."

"*Ysgol yn ocê?*"

"Ydy ..." Doedd dim gen i i'w ddweud eto. Gallen i fod wedi dweud am y Ferch Wyllt ond do'n i ddim eisiau, ddim o flaen Mam, a byddai dim diddordeb ganddo fe, ta beth.

"Beth ti'n neud heno 'te?" dywedais heb feddwl.

Gwgodd Mam arna i. Roedd yn beth twp i'w ofyn.

"O, dw i a rhai o'r bois yn meddwl mynd mewn i'r dre i gael cwpwl o ddrincs ... ti'n gwbod?" Dechreuodd

34

chwerthin. Do'n i ddim yn hoffi pan oedd yn tynnu coes. Byddai'n well gen i pe byddai wedi dweud, "Peth twp i'w ddweud, Gemma!"

"Beth ti'n meddwl dw i'n neud?" Ond dyna sut oedd Dad – wastad yn troi popeth mewn i jôc. Rhoddais i'r ffôn 'nôl i Mam yn gyflym a mynd lan llofft.

Yn hwyrach, clywais i Mam yn dweud wrth Darren am orffen chwarae ei gêm fideo a mynd i'r gwely. Pan edrychodd hi mewn i fy stafell i, mi o'n i eisoes dan y blancedi ac yn esgus darllen.

"Nos da, Gemma," meddai Mam.

"Nos da."

Dechreuodd hi gau'r drws.

"Mam?"

"Beth?"

"Ti'n cofio'r picnic 'na?"

"Pa bicnic?"

O'n i'n teimlo fel dweud, *Mam, pa mor aml ydyn ni'n mynd ar bicnics?*

"Fi, ti, Dad a Darren. O'dd rhaeadr a choeden. Arhoson ni yna drwy'r dydd."

Do'n i methu gweld wyneb Mam, gan fod y golau yn y cyntedd yn gwneud iddi edrych fel cysgod.

"Dw i'n cofio rhywbeth," meddai. "Pam?"

"Ble oedd e? Y lle?"

Daliais fy anadl.

"Sa i'n cofio. Pam?"

Achos ei fod yn ddiwrnod neis, o'n i eisiau dweud. *O't ti'n chwerthin ac yn hapus a dw i eisiau mynd 'nôl i fanna.*

"Sdim ots," dywedais.

Arhosodd Mam wrth y drws. Syllais arni hi – y cysgod.

"Dim ond mis sy tan fod dy dad mas."

"Ie," dywedais. O'n i methu meddwl am unrhyw beth arall i'w ddweud.

O'n i eisiau gofyn iddi beth oedd hi'n meddwl am hyn – dwy flynedd yn y jael ac yna mae e 'nôl, jyst fel 'na, fel tase fe wedi bod i ffwrdd yn gweithio.

"Nos da, Gemma."

"Nos da, Mam."

Caeodd y cysgod y drws.

SAITH

"C'mon, c'mon." O'n i'n cerdded 'nôl a blaen tu allan i'r ysgol. Yna fe'i gwelais hi'n cerdded draw fel pe na byddai brys o gwbl. "Ffordd hyn," dywedais.

Mae'r Ferch Wyllt yn cerdded mor araf. Ling-di-long. O'n i'n hapus i fod yn y blaen am nad oeddwn am gael fy ngweld gyda hi. Roedd hi'n ddeg munud o gerdded o'r ysgol i dŷ Mam-gu – dwy stryd a thorri drwy'r comin – ond doedd dim llawer o amser gyda ni.

"Ti ddim isie neud hyn, wyt ti?" gofynnodd.

"Dw i ddim yn becso."

"Gallwn ni droi 'nôl os ti isie."

"Drych," dywedais gan droi arni. "Nath ci fy mamgu farw, reit? Dywedes i wrthi amdanat ti a dy wartheg achos o'n i'n meddwl y bydde diddordeb gyda hi. Mae hi wedi gofyn i fi dy wahodd di i ginio. Wedest di ie, felly dyma ni. Mae bwyd Mam-gu'n neis, lot gwell na'r rwtsh 'na yn yr ysgol, felly, gweda, wyt ti'n dod neu beidio? Achos does dim drwy'r dydd gyda ni a ..."

"Ocê! Ocê! Dere 'te."

Ar ôl ychydig dywedodd hi, "Beth wedest di amdana i?"

"Bod ti yn yr un dosbarth â fi a bod gwartheg 'da ti a bod ti'n byw ar fferm – hapus?"

Cerddon ni mewn tawelwch.

"Mae'n rhaid taw ti yw Kate, ffrind Gemma?" meddai Mam-gu gan roi'i throed ynddi yn syth. Ddywedais i ddim gair, dim ond mynd yn syth mewn i'r lolfa. Roedd gan Mam-gu wledd o fwyd ar y bwrdd ac roedd tân mawr yn y grât felly, a bod yn onest, doedd dim ots gen i am unrhyw beth arall. Eisteddais i lawr a dechrau bwyta.

Fel roedd hi'n digwydd, roedd Mam-gu yn adnabod tad-cu'r Ferch Wyllt, felly buon nhw'n siarad a siarad. Roedd y Ferch Wyllt yn wahanol – yn gwenu ac yn llon. Roedd Mam-gu yn sôn am weithio ar y tir, y boreau cynnar a godro gyda llaw a phopeth.

"Faint o wartheg sydd gyda chi?" gofynnodd Mam-gu iddi.

"Deuddeg," meddai'r Ferch Wyllt. "O'dd arfer bod mwy 'da ni cyn i'r traed a'r genau ddod." Roedd hi'n edrych yn drist am eiliad.

"O, o'dd hwnna'n ofnadw," meddai Mam-gu. "Lladd yr holl wartheg 'na a'u llosgi nhw. Gymaint o wastraff."

"Beth?" dywedais. "Lladd a llosgi?"

Edrychodd y ddwy arna i. "O Gemma, nag wyt ti'n cofio? Da wedi eu pentyrru fel pren ar goelcerth O't ti'n gallu gweld y mwg o fan hyn, a'r drewdod – ofnadwy."

"O ie," dywedais yn gelwyddog.

"Gafodd y ffermwyr iawndal, ondofe?" gofynnodd Mam-gu.

Syllodd y Ferch Wyllt ar ei phlât. "Do," dywedodd, "ond doedd hi ddim yr un peth. Tra o'n ni'n aros am yr iawndal cafodd Mam swydd ran amser yn y dre. Ac yna pan ddaeth yr arian, prynodd Dad yrr llai o wartheg a dechrau gwaith fel garddwr. Dyna beth o'dd e wastad eisiau neud. Wrth iddo gael mwy a mwy o waith mi wnes i ofalu am y godro."

"Ti'n neud e i gyd?" gofynnodd Mam-gu.

"Dw i'n hoffi 'i neud e."

Roedd Mam-gu'n gwenu arni. "Wel, dw i'n credu bo

39

ti 'di ca'l pethe'n iawn, Kate. Faint o ferched ar hyd a lled y wlad allai ddweud eu bod yn neud gymaint â hynny o waith? Dw i'n credu dy fod ti'n sbesial."

Dechreuodd y Ferch Wyllt fwyta ei brechdan, fel pe na bai wedi clywed. "Falch nad oes rhaid i fi eu godro nhw â llaw – bydde fe'n cymryd orie."

"O'n i'n arfer siarad â nhw wrth odro," meddai Mam-gu. "A chanu cân ambell waith. Ma nhw'n shwt greaduriaid neis, annwyl. Alla i ddim deall pam fydde unrhyw un 'u hofn nhw." Edrychodd y ddwy arna i wrth i fi wthio darn o gacen mewn i 'ngheg.

"Chi'n credu allech chi gofio shwt i odro buwch, Mrs Matthews?" gofynnodd y Ferch Wyllt.

"Dw i ddim yn gweld pam lai. Ydw, ydw, dw i'n credu y gallen i."

"Wel, pam na ddewch chi lan i'r fferm i gael tro?"

Goleuodd wyneb Mam-gu. "Wir??"

Nodiodd y Ferch Wyllt.

"Fydden i wrth fy modd."

Ges i eiliad o banig. "Allwch chi ddim," dywedais â cheg yn llawn bwyd.

"Pam ddim?" gofynnodd Mam-gu.

"Sut fyddech chi'n cyrraedd y fferm?"

"O, Gemma fach," meddai, "pe byddet ti'n ca'l dy ffordd fydden i mewn cartre hen bobol. Bydd Roger neu Mr Banerjee yn gallu rhoi lifft i fi." Trodd at y Ferch

Wyllt. "Cymdogion. Fydde ots 'da ti ga'l person arall draw 'da fi?"

"Na, bydde hynny'n iawn, Mrs Matthews."

"Galw fi'n Lili, plis," meddai Mam-gu.

A dyna hi. Ond y peth wnaeth fy nghythruddo i, ar wahân i'r ffaith fy mod yn gorfod cerdded 'nôl i'r ysgol gyda'r Ferch Wyllt, oedd bod Mam-gu wedi ei galw hi'n sbesial a doeddwn i ddim yn gallu cofio'r tro diwetha wnaeth unrhyw un fy ngalw i'n sbesial.

WYTH

Aethon ni allan drwy'r cefn ac i mewn i'r lôn gefn sy'n mynd tu ôl i'r teras. Wrth i ni ffarwelio â Mam-gu daeth gwaedd o drws nesa. "Lilly! Lilly! Dw i 'di dala nhw'r tro hyn!"

"Roger?" gwaeddodd Mam-gu.

Daeth cymydog Mam-gu, Roger, i'r lôn o'i iard gefn, yn gafael yn Jamie a'i fêt, Ryan, oedd yn ymladd ac yn ceisio'i fwrw. Brawd Siân yw Ryan a gwnaeth hyn i fi deimlo braidd yn nerfus.

"Twpsod bach!" meddai Roger. "Drion nhw eto, Lil. Ti'n gwybod, fel gyda Mave, un yn y blaen yn canu'r gloch. Wel, sylweddoles i beth o'dd yn mynd mlân, ondofe? Des i hyd i'r ddau hyn yn fy stafell fyw i yn twrio drwy bopeth. Gwnewch ffafr â fi a galwch yr heddlu, ma 'nwylo i'n llawn."

"O, ma'r lle ma wedi mynd i'r diawl," meddai Mam-gu.

"Wnaethon ni ddim byd!" gwaeddodd Jamie.

"Sdim byd yna i ddwgyd ta beth," meddai Ryan.

"Beth sy'n digwydd, Lilly?" gwaeddodd menyw o dŷ cyfagos.

"Ma Roger 'di dal dau fachgen yn ei dŷ, Polly."

"Wir? 'Na'r ail waith wthnos hyn," meddai'r fenyw wrth y ffenest. "A jyst dod drwyddi ma Mave druan yn rhif deg!"

Ciciodd Ryan yr awyr mewn tymer a dal Roger ar ei goes. Gwingodd a gadael y ddau i fynd. Rhedon nhw i ffwrdd a bwrw'n syth mewn i'r Ferch Wyllt. Cydiodd hi ynddyn nhw fel tasen nhw'n fagiau siopa a tharo'u pennau nhw at ei gilydd. Clatsh. Gwaeddodd y ddau.

"Dyna frawd Siân," dywedais gan gyfeirio at Ryan.

Edrychodd hwnnw i fyny ar y Ferch Wyllt. "Ac fe wnaiff hi dy ladd di pan ddyweda i wrthi!"

"Ydy hwnna i fod i wneud i fi dy ryddhau di?" Roedd hi mor hamddenol am yr holl beth, ond ro'n i'n poeni.

Daeth Mr Banerjee a Polly allan i'r lôn gefn.

"Tynna hi oddi arna i, Gemma!" meddai Jamie wrtha i.

"Dere. Gad nhw i fynd," dywedais.

Trodd Mam-gu a Roger arna i. "Beth? NA!" Mae'n

iawn ydy hi, Gemma," meddai Mam-gu, "bod y bois hyn – a merched hefyd – yn gwneud ein bywydau ar hyd y stryd 'ma yn ddiflas? Roedd stad Bryn Mawr yn lle hyfryd flynyddoedd yn ôl pan adeiladon nhw'r lle yn gynta. O'dd 'y nrws cefn i bob amser ar agor, i bawb a'i gi …"

"Gwir," meddai Roger.

"O'dd cymuned 'ma," ychwanegodd Mr Banerjee.

"O'dd. Ma'r dyddie yma wedi hyn fynd nawr," meddai Mam-gu. "Mae'r drysau wedi eu bolltio a dy'n ni ddim yn mynd mas ar ôl iddi dywyllu. Mae'n ofnadw, Gemma, ac ma'n neud i fi fod yn falch mod i ar ddiwedd 'y mywyd i yn hytrach nag ar y dechre."

Roedden nhw'n edrych arna i fel mai fi o'dd yr un o'dd wedi torri mewn i dŷ Roger. Yna weles i Darren yn dod ar hyd y lôn.

"Co'r mwnci ganodd y gloch!" meddai Roger, gan bwyntio tuag ato.

"Darren!" gwaeddodd Mam-gu a fi ar yr un pryd. "Dere 'ma!"

"Nethon nhw orfodi fi, Mam-gu," meddai, gan bwyntio at Ryan a Jamie.

Gydiais i ynddo fe. "Aros di tan mod i'n dweud wrth Mam!"

"O, dw i'n gweld, Gemma," meddai Mam-gu. "'Di newid dy gân nawr gan fod dy frawd dy hunan ar fai."

O'n i methu ennill.

44

"Ma fe'n gymydog i fi, Darren!" meddai Mam-gu. "Ond hyd yn o'd tase fe ddim … Beth ti'n meddwl o'n nhw'n neud yn y cefn pan o't ti'n canu'r gloch?"

"Bach o sbort o'dd e, 'na i gyd."

"Fy nheulu'n hunan," meddai Mam-gu.

"Nei di ddal hwn?" meddai'r Ferch Wyllt wrth Roger, gan wthio Jamie tuag ato. Taflodd hi Ryan dros ei hysgwydd, fel tase fe'n ddim byd mwy na siaced.

"NA! Rho fi lawr!" gwaeddodd.

Trodd y Ferch Wyllt at Roger. "Dw i'n meddwl alla i ymdopi 'da'r llall hefyd." Cododd Roger Jamie fel bod ganddi un ar bob ysgwydd, y ddau'n cicio.

"Diolch am y cinio, Lilly," meddai.

"Croeso," meddai Mam-gu.

"Wela i ti ar y fferm," meddai'r Ferch Wyllt wrth iddi gerdded i ffwrdd gyda Ryan a Jamie yn hongian dros ei chefn.

Gwyliodd Mam-gu hi'n mynd gyda gwên fawr ar ei hwyneb. "Mae gen ti ffrind arbennig fanna, Gemma," meddai. "Galli di ddysgu llawer ganddi yn lle'r ferch wirion 'na, Siân. A ti," meddai wrth Darren. "Fydda i'n siarad 'da dy fam."

Aethon ni. A dyna lle roeddwn i'n meddwl, ma rhaid i fi gerdded 'nôl i'r ysgol gyda'r Ferch Wyllt, sy'n digwydd bod â dau fachgen yn hongian dros ei hysgwyddau, ac un ohonyn nhw yw brawd Siân Jenkins – grêt.

NAW

Aethon ni 'nôl dros y comin tuag at yr ysgol. Roedd hi'n ddigon gwael gorfod cerdded gyda'r Ferch Wyllt, heb sôn am yr holl sylw ychwanegol yr oedden ni'n ei gael. Roedd ei breichiau wedi eu plethu o gwmpas coesau'r ddau fachgen fel pe bai'n cario sachau o fwyd i'r sied odro. Dechreuodd Ryan fwrw'r Ferch Wyllt. Stopiodd hi'n stond. "Ti'n gweld y danadl poethion 'na?" meddai. "Os nei di mwrw i unwaith eto, wna i gerdded drwyddyn nhw a rhwbio dy wyneb di ynddyn nhw."

"Dw i'n teimlo'n sâl," meddai Jamie.

"'Na ddysgu i ti boeni pobl ddiniwed."

Bwrodd Ryan hi eto. "RHO NI LAWR!"

"Reit, 'na hi!" Aeth y Ferch Wyllt at y danadl poethion a cherdded drwyddyn nhw nes bod wynebau'r bechgyn yn eu canol. Sgrechiodd Ryan a Jamie fel plant mewn ffair.

Dilynodd y plant ni fel pe bai rhywbeth fel hyn yn ddigwyddiad dyddiol, ac felly erbyn i ni gyrraedd giât yr ysgol roedd torf o bobl y tu ôl i ni.

Yna roedd Siân yn sefyll o'n blaenau ni. Roedd hi'n edrych yn gandryll. "Rho fy mrawd i lawr!"

"Dim eto. Bron yna."

Trodd Siân ata i ac aeth fy nghoesau'n wan. "Pam na wnest di ei stopio hi?"

"O'dd hi gyda hi, Siân," meddai Ryan, wyneb i waered. "O'dd hi yna."

Pwyntiais i at Darren. "O'n i'n sortio'n mrawd i mas, on'd o'n i?"

"Roedd hi a'r Ferch Wyllt yn nhŷ fy mam-gu i!" meddai Darren yn slei i gyd.

"'Na neis," meddai Siân, yn syllu arna i, ac o'n i'n gwybod mod i mewn trwbl mawr. Trodd at y Ferch Wyllt. "Rho nhw lawr – nawr!"

"Na."

Cydiodd Siân yn ei brawd a dechrau tynnu. Daliodd Karen, un o ffrindiau gorau Siân, yn Jamie, ond parhau i gerdded wnaeth y Ferch Wyllt fel petai'n geffyl yn tynnu arad. Sgrechiodd Ryan a Jamie. Roedd pawb yn chwerthin ac yna gadawodd y Ferch Wyllt nhw i fynd. Syrthiodd Ryan, Jamie, Siân a Karen yn bentwr ar y llawr. Bydden i wedi chwerthin hefyd oni bai fy mod yn poeni am beth roedd Siân yn mynd i'w wneud i fi.

DEG

"O'n i ddim yn gwbod beth o'n nhw'n neud, wir Mam."

"O't ti'n ddrwg, Darren," meddai, gan syllu ar y teledu wrth smygu.

"'Na'r cwbl sydd 'da ti i'w ddweud?" gwaeddais. "O'dd e'n canu'r gloch er mwyn i'w ffrindie fe dorri mewn drwy ddrws y cefn a helpu 'u hunen – lladron!"

"Paid gweiddi, Gemma! Dw i ddim yn dod adre i wrando arnat ti'n gweiddi, ocê?"

"Ie, Jamma," meddai Darren. "Mae Mam yn gwylio'r teledu ac yn ca'l hoe. Ti'n gallu gweld 'nny," ychwanegodd wrth iddo lithro ar y soffa fel neidr.

49

"O'n i ddim yn dwyn, Mam. Wir."

"O'n nhw'n mynd i alw'r heddlu!" meddwn i.

"Pwy?"

"Mam-gu a Roger."

"O, sa i erioed 'di hoffi'r Roger 'na, ma fe'n haerllug, a diflas!"

Pwysodd Darren ei ben ar fraich Mam. "Llusgodd y Ferch Wyllt nhw drwy'r danadl poethion, Mam."

"Pwy yw'r ferch 'ma?"

"Kate Thomas," dywedais, gan blethu fy mreichiau. Roeddwn yn sefyll yng nghanol y stafell fyw fel petai fi oedd y fam a nhw oedd y plant.

"Ma hi'n rili fawr," meddai Darren.

"Beth oedd hi'n neud yn nhŷ dy fam-gu, ta beth?"

"Dwyn, falle," meddai Darren.

"Nath Mam-gu wahodd hi yno," dywedais, er mod i wedi blino trafod y peth erbyn hyn. "Ma hi'n byw ar fferm, ac yn godro."

"Dylet ti fod wedi gweld eu hwynebe nhw ar ôl mynd trwy'r danadl poethion, Mam, o'n nhw'n lympie i gyd."

"O! O'n i'n gwbod taw'r bocs yna o'dd e!" meddai Mam gan syllu ar y teledu. "Ma hi 'di colli saith deg pum mil! Dyle hi fod wedi gwrando arna i."

"Dyle hi fod wedi gwrando arnat ti, Mam," meddai Darren.

50

Allwn i ddim diodde 'i weld e'n crafu, felly es i lan i fy stafell.

* * *

Tynnais i focs gemwaith roedd Mam-gu wedi ei roi i fi flynyddoedd yn ôl – ddim bod gen i emwaith go iawn o gwbl, ac edrychais ar y gwair a'r dail sych tu fewn iddo.

Pan aethon ni am y picnic yna, aeth Darren a fi i archwilio'r lle – roedden ni'n arfer dod ymlaen yn dda bryd hynny. O'n i'n gwisgo sandalau newydd, hyfryd roedd Dad wedi eu prynu i fi, ac aethon nhw'n frwnt i gyd. Dim ond cwpwl o ddyddie wedyn daeth yr heddlu a'i arestio fe. Roedd Mam yn crio. O'n i'n crio. O'dd e'n ofnadwy. Wedodd Dad y bydde fe'n dod 'nôl, ond ddaeth e ddim. Cafodd ei anfon i'r carchar am fân-ladrad a thwyll, sef geiriau posh am ddwyn a dweud celwydd.

Wel, y diwrnod ar ôl iddo gael ei arestio o'n i'n gwisgo fy sgidiau newydd a sylwais i fod gwair sych yn dal yn sownd yn eu gwaelodion nhw. Dechreuais i grio. Nid achos eu bod nhw'n newydd ac yn frwnt, ond achos pan aeth y gwair a'r dail yn sownd i'r sgidiau roedd popeth yn iawn. Yna, gwpwl o ddyddiau wedyn doedd dim byd yn iawn.

Dw i ddim yn gwybod pam wnes i fe, ond fe dynnais

51

i'r holl ddarnau o wair a dail sych a'u rhoi nhw yn y bocs gemwaith. Peth gwirion i'w wneud, a dweud y gwir – dim ond baw yw e, byddai pobl yn ei ddweud. Does neb yn gwybod beth yw e heblaw amdana i ac mae'r cwbl o rywle dw i'n ei gofio ond yn methu â dod o hyd iddo.

O'n i'n dyfalu a oedd Dad byth yn meddwl am y picnic yna wrth y rhaeadr. Doedd ganddo ddim gofidiau yn ei gell, ddim fel fi. Roedd rhaid i fi fynd 'nôl i'r ysgol ag wynebu Siân, a bai'r Ferch Wyllt oedd y cwbl.

"Pam oedd rhaid i fi agor fy ngheg fawr a dweud wrth Mam-gu?" meddwn yn uchel.

Caeais y bocs a gorwedd ar y gwely.

UN AR DDEG

Y peth gorau ynglŷn â beicio yw ei fod yn dda i chi, ond does neb yn meddwl eich bod yn gwneud ymarfer corff go iawn. Chi'n gweld, tasen i'n dechrau rhedeg o gwmpas y Bryn Mawr fyddai pawb yn gwneud hwyl am fy mhen i, ond does neb yn sylwi eich bod yn mynd ar eich beic. Ac mae mynd ar y beic yn golygu gadael popeth y tu ôl i chi, fel fy mrawd Darren, neu wynebu Siân yn yr ysgol.

Roedd hi'n ddiwrnod oer, ond roedd hi'n heulog neis hefyd. Felly es i lan i'r fferm. Fyddai ddim ond yn cymryd ugain munud i fi gyrraedd yno ond o'n i eisiau mynd y ffordd hir, o ben y dyffryn ac i lawr y bryn – gyda fy llygaid ar agor y tro hwn. O'n i'n caru'r gwynt a'r cyflymdra. Ffantastig. O'n i'n meddwl mod i'n mynd i godi i'r awyr.

Doedd dim golwg o unrhyw un pan gyrhaeddais i yna. Roedd tryc wedi 'i barcio y tu allan i'r ffermdy gyda "Nigel Thomas Landscape Gardener" wedi ei ysgrifennu ar yr ochr.

"Edrych am Kate?"

Troais a gweld dyn yn sefyll yna. Roedd yn fawr ac yn llydan, gyda gwallt cyrliog du a llwyd – y dyn oedd wedi stopio pan oeddwn yn gorwedd ar yr heol. Tad y Ferch Wyllt oedd e. O'n i'n gallu dweud achos bod ganddo'r un llygaid cul, difrifol.

"Ydw," atebais.

"Mae hi mewn yna." Trodd ei ben tuag at y sied odro. "Dw i'n dy gofio di," meddai. "Ti o'dd yn gorwedd yn yr heol. Dest di lan fan hyn, ondofe? Wedodd y wraig dy fod ti wedi cwympo."

Nodiais.

"Ti ddim yn mynd i'n siwio ni, wyt ti?"

O'n i methu dweud a oedd e o ddifri neu beidio.

"Fydden i ddim wedi dychmygu bod gan Kate unrhyw ffrindie," meddai dan ei anadl wrth iddo gerdded heibio i mi ac i mewn i'r tŷ.

Penderfynais nad o'n i'n ei hoffi.

Gwthiais fy meic i'r sied odro a'i bwyso yn erbyn

y wal. Roedd rhywun yn canu tu mewn. Edrychais mewn a dyna lle roedd y Ferch Wyllt yn golchi'r llawr. Gwyliais i hi am amser. Roedd hi i'w gweld yn hapus, yn sgrwbio'r llawr ac yn canu – rhyw gân werin. Pan welodd hi fi trodd ei hwyneb o fod yn hapus i fod yn flin. "Dylet ti ddim codi ofn fel 'na ar bobl!"

"Sori," dywedais.

"Ydy Lilly 'ma?"

"Na. Des i ar fy meic."

"Wel, bydd rhaid i ti aros."

Mae croeso cynnes fan hyn meddyliais. Sefais yno fel buwch yn aros fy nhro i gael fy ngodro, tra'i bod hi'n parhau i olchi a brwsio'r dŵr o'r sied. Roedd hi'n drylwyr iawn, rhaid dweud.

Yn y diwedd, fe ddiffoddodd y tap. "Wna i fynd i nôl Jane."

"Dy fam?"

"Y fuwch."

"Pwy? Dy fam?"

"NA! Jane. Ma Jane yn fuwch, y ffŵl!"

"Ti 'di gwahodd Mam-gu," gwaeddais. "Wnest di ddim fy ngwahodd i, ond mae hi'n fam-gu i fi a dw i eisiau iddi gael diwrnod da …" Aeth fy llais yn fain. Pwysodd y Ferch Wyllt ei brwsh yn erbyn y wal.

"Wna i nôl Jane. Arhosa di fan hyn am dy fam-gu."

Aeth hi allan ac eisteddais ar stepen y sied, yn

meddwl y dylen i fod wedi parhau i fynd ar y beic ar hyd top y dyffryn. Doedd hi ddim yn hir cyn i mi glywed car Roger yn gyrru'n araf i fyny'r allt dan straen mawr. Erbyn iddo droi mewn i'r fferm roedd yn swnio fel pe bai ar fin ffrwydro. Stopiodd Roger y car wrth ymyl y sied a chamu allan. "Well i'r godro 'ma ddigwydd," meddai. "O'n i ddim yn meddwl y bydde'r car yn cyrradd!"

Roedd Mam-gu yn eistedd yna'n aros, felly agorais y drws iddi, fel *chauffeur*.

"Ma fe wedi bod yn cwyno ers i ni adel," meddai dan ei hanadl. "Popeth yn iawn?"

"Ydy." Yna gwelais Mr Banerjee yn dod allan o'r cefn. "Beth ma fe'n neud fan hyn?" sibrydais.

Gwgodd Mam-gu a dod yn agos ata i. "Gemma, gwna ffafr â fi, dw i wedi bod yn edrych mlân at heddi felly paid â gwneud pethe'n lletwith. Ma fe wedi dod i weld y fuwch hefyd. Ac fel Hindŵ ma mwy o hawl 'da fe i fod fan hyn na ni." Trodd ato. "On'd yw hwnna'n wir, Mr Banerjee? Mae'r fuwch yn anifail sbesial yn India?"

Gwenodd. "Sbesial iawn."

Daeth Mr Thomas atom. "Mae hi fel gorsaf Caerdydd 'ma heddi," meddai. "Chi gyd wedi dod i weld Kate?"

"Ydyn," meddai Mam-gu. "Wahoddodd hi fi draw.

Lilly ydw i, mam-gu Gemma. Mae'n garedig iawn ei bod wedi fy ngwahodd i. Chi'n gweld, yn ystod y rhyfel …"

"O'n i ddim yn gwbod ei bod hi'n rhoi *guided tours*," meddai. "Gwnewch yn siŵr eich bod chi'n glanhau'ch sgidiau cyn i chi gyffwrdd ag unrhyw un o'r gwartheg. Dy'n ni ddim eisiau i chi ddod â *germs* Bryn Mawr fan hyn."

"Wrth gwrs," meddai Mam-gu. "Os nad yw hi'n gyfleus heddi …"

Pwyntiodd Mr Thomas at rywbeth y tu ôl i ni. "Dyma hi."

Troesom a gweld y Ferch Wyllt yn arwain buwch tuag aton ni. Aeth ei thad ati. Do'n i ddim yn gallu clywed beth ddywedodd e wrthi, ond aeth y Ferch Wyllt yn goch a dweud rhywbeth 'nôl.

"Sdim ots 'da fi," meddai'r tad. Cerddodd hi heibio iddo a'i anwybyddu, a'r fuwch yn ei dilyn.

"Gawn nhw glwy'r traed a'r genau a dy fai di fydd e," meddai ei thad.

Gymrodd y Ferch Wyllt ddim sylw, gan ddod â'r fuwch draw at Mam-gu. "Lilly, dyma Jane."

"Helô, cariad," meddai Mam-gu wrth fwytho pen y fuwch. "O Kate, gobeithio nad ydyn ni wedi dy gael di mewn i drwbl?"

"Na, Lilly. Newn ni neud yn siŵr bod eich sgidie

chi'n addas a bod eich dwylo chi'n lân, fel o'n i'n mynd i wneud ta beth. Jane yw'r fuwch orau yn y gyr. Neith hi adael i chi ei godro hi yn y ffordd hen ffasiwn."

Taniodd Mr Thomas injan ei dryc a gyrru o'r iard. Gwyliodd y Ferch Wyllt e'n mynd. "Reit," meddai. "Mae eisiau cael welis i chi gyd a golchi'ch dwylo."

Roedd hi fel merch wahanol. Roedd ei thad wedi tynnu coes ynglŷn â rhoi taith i bawb o gwmpas y lle, ond dyna ddigwyddodd. Rhoddodd hi bâr o welis yr un i ni. "Dylai'r rhain dy ffitio di, Gemma," meddai, a dyna oedd y tro cynta i fi ei chlywed yn dweud fy enw erioed. Gwnaeth hi'n siŵr ein bod yn golchi ein dwylo, gan oruchwylio fel athrawes. Yna arweiniodd hi ni 'nôl i'r sied odro lle roedd buwch yn aros amdanom.

"Dyma ti, Lilly," meddai'r Ferch Wyllt, wrth iddi roi bwced a stôl o dan y fuwch. O'n i'n nerfus dros Mam-gu, achos roedd hi'n mynd mlaen a mlaen am ei chyfnod ar y fferm yn ystod y rhyfel a dyma hi'n cael ei rhoi ar brawf, mewn ffordd.

"Mae hi wedi bod yn amser hir, Jane," meddai wrth y fuwch. "Fe wna i fy ngore."

Edrychodd y fuwch ar Mam-gu fel petai'n deall. Plygodd Mam-gu a chymryd un o'r pethe 'na ym mhob llaw – tethi, meddai, oedd yr enw arnyn nhw – a dechreuodd wasgu. Ddigwyddodd dim byd i ddechrau. Syllais ar y Ferch Wyllt, yna daeth sŵn rhywbeth yn taro'r bwced. Roedd hi'n anhygoel faint o laeth oedd yn dod allan gyda phob gwasgiad.

"Ti'n amlwg wedi arfer," meddai'r Ferch Wyllt, ond cariodd Mam-gu mlaen â'i gwaith heb ddweud dim. Y cwbl wnaeth y fuwch oedd dal i fwyta'r bwyd ac roedd y bwced yn hanner llawn llaeth yn fuan iawn. Mae'n rhaid i fi ddweud mod i'n teimlo'n browd iawn o Mam-gu. Yn y diwedd, rhoddodd y gorau iddi ac eistedd 'nôl gydag ochenaid. Gwenodd. "O, o'n i wedi anghofio faint o straen o'dd plygu am amser hir." Edrychodd arna i. "Isie tro, Gemma?"

O'n i ddim yn disgwyl cynnig o'r fath. "Na," atebais. "Dim diddordeb."

"Dere," meddai Mam-gu. "Dyw cyfleoedd fel hyn ddim yn digwydd yn aml."

Aeth fy mochau'n boeth. Ysgydwais fy mhen. "Dim diolch."

"Hoffwn i drio plis," meddai Mr Banerjee. Felly fe gafodd e dro hefyd.

DEUDDEG

Aethon ni â Jane 'nôl i'r cae i ymuno â gweddill y gyr, ac arhoson ni wrth y giât yn eu gwylio nhw am sbel. Roedd rhai yn gorwedd a rhai'n cnoi'r gwair.

"Dywedodd Dad-cu bod dros ddau gant o wartheg gyda ni cyn i fi gael fy ngeni," meddai'r Ferch Wyllt. "Roedd tua hanner cant gyda ni cyn y clwy traed a'r genau, a deuddeg sy 'da ni nawr." Pwyntiodd ar draws y cae. "Ni oedd bia'r caeau hyn i gyd. Fferm Mostyn bia nhw nawr."

"Mostyn mên," meddai Roger.

"Ond os taw cae Mostyn yw e," meddai Mam-gu, "pam eich bod chi'n dal i'w ddefnyddio fe?"

"Ni'n rhentu'r cae wrtho fe er mwyn i'r gwartheg bori."

"Sdim gwartheg bach 'da chi?" gofynnais.

"Na," meddai. "Ma nhw bant nawr."

"Pam?"

"Nag wyt ti wedi dyfalu shwt ma gwartheg yn rhoi llaeth i ni drwy'r flwyddyn?" gofynnodd Mam-gu. Y ffordd o'n nhw'n edrych arna i, ges i'r teimlad eu bod yn gwybod llawer mwy na fi am ffermio.

"Mae eu lloi yn cael eu cymryd oddi wrthyn nhw ac ni'n cymryd eu llaeth nhw achos ma nhw'n dal i'w gynhyrchu fe."

Roedd e'n swnio'n greulon. "Ond y lloi yw eu … babis nhw."

"Ond ti isie dy laeth o'r archfarchnad fel pawb arall, on'd wyt ti?"

"Yn India, ni'n rhannu'r llaeth gyda'r lloi," meddai Mr Banerjee.

"A chi byth yn lladd y fuwch. Ydw i'n iawn?" gofynnodd Mam-gu.

Siglodd Mr Banerjee ei ben a gwenu. "Byth."

Gwylion ni'r gwartheg yn y cae ychydig yn hirach, ac yna aethon ni 'nôl i'r tŷ fferm.

Daeth mam y Ferch Wyllt allan i gwrdd â ni. "Helô, Gemma," meddai. "Sut mae dy goes di?"

"Iawn, diolch."

Cafodd ei chyflwyno i Mam-gu, Mr Banerjee a Roger – Kerry oedd ei henw ac fe wahoddodd hi ni i'r gegin i gael te. Roedd y Ferch Wyllt hapus, siaradus bellach wedi mynd wrth iddi helpu ei mam yn dawel. Soniodd Mam-gu am y diwrnod hyfryd roedd hi'n ei gael.

"Mae'n anodd i ffermwyr y dyddie hyn, siŵr o fod," meddai Mr Banerjee.

Nodiodd Kerry. "Pan briodes i 'ngŵr roedd hon yn fferm brysur ac roedden ni'n gwneud bywoliaeth dda. Nawr mae ffermwyr naill ai'n rhai llwyddiannus iawn fel Don Mostyn neu chi'n cael trafferth ac yn ceisio dal pen llinyn ynghyd. Fydd y gwartheg 'na ddim gyda ni'n hir iawn 'to." Aeth gwefusau'r Ferch Wyllt yn dynn.

"Chi'n eu gwerthu nhw?" gofynnodd Mam-gu.

"Dyw Kate ddim yn hoffi trafod hyn," meddai Kerry, "ond does dim llawer o ddewis gyda ni. Ma nhw'n hen nawr, ac mae Mostyn eisiau'r cae yna 'nôl."

"Mae llawer gyda nhw i'w roi eto," meddai'r Ferch Wyllt, fel pe bai'n siarad â hi'i hunan.

"Beth yw eu hoedran nhw?" gofynnais.

"Mae rhai yn chwech, rhai'n saith."

"Chwech! Dyna i gyd? Pa mor hir fydden nhw'n byw os ..."

"Ugain neu dri deg mlynedd," atebodd Mr Banerjee.

Nodiodd y Ferch Wyllt, yna daeth tryc i fyny at y tŷ a gwelais i hi'n edrych ar ei mam. Caeodd drws y tryc a daeth ei thad mewn. Edrychodd lawr arnon ni. "Ti'n gwbod beth, Kerry, dw i'n meddwl bod Kate am gael ail fusnes," meddai. "Teithiau fferm gyda the a chacen. Beth ti'n feddwl?

Chwarddodd Kerry. "Wel, ti byth yn gwbod."

"Fydden i'n talu," meddai Mam-gu gyda gwên. "Mae'n rhaid bo chi'n falch iawn o Kate."

"Dilyn ei thad-cu," meddai Mr Thomas.

"Ie, dw i'n cofio Gareth yn dda," meddai Mam-gu. "Do'dd e ddim yn dweud llawer, ond o'n i'n 'i hoffi fe. A dw i erioed wedi gweld unrhyw un yn gweithio'n galetach na dy dad yn fy mywyd." Roedd Mam-gu wedi dewis ei moment. Diflannodd golwg sych Mr Thomas. Roedd i'w weld ychydig yn nerfus, fel pe bai'n difaru dod mewn. "Efallai mai achos bod yr holl fyd mewn rhyfel," meddai Mam-gu, "ond roedd e'n codi cyn unrhyw un arall ac yn y gwely cyn unrhyw un arall, saith diwrnod yr wythnos. Yna cafodd ei alw i'r fyddin a dw i'n cofio ei hanes e yn y papurau pan ddaeth e adre – cafodd fedal am sefydlu ei ail fusnes."

"Ma hwnna'n wir," meddai Kerry. Cerddodd at y wal a chodi llun oddi arni. Llun o deulu. "Dyma fe. A dyna Nigel ym mreichiau ei fam."

Edrychodd Mam-gu ar y llun a gwenu. "Mae'n

rhaid bod hwn ryw ugain neu dri deg mlynedd ar ôl y cyfnod o'n i'n ei nabod e. Ond mae e'r un peth. Cawr o ddyn."

Edrychais ar y llun du a gwyn pŵl. Roedd yn edrych fel cawr – roedd yn anferth gydag ysgwyddau llydain ac roedd llygaid cul y Ferch Wyllt ganddo.

"Sori i glywed nad yw pethau'n dda 'da chi'r dyddiau hyn," meddai Mam-gu.

Newidiodd wyneb Mr Thomas yn ôl i fod yn grac. Edrychodd ar y Ferch Wyllt. "Pam na ddywedi di bopeth wrth y byd a'r betws tra bo ti wrthi?"

"''Na i gyd wedes i o'dd —"

"Ddywedest ti ormod!"

Roedd hi'n teimlo'n annifyr ac roeddwn i'n teimlo'n flin drosti. Gosododd Mam-gu'r llun ar y bwrdd. "O'n i ddim yn meddwl achosi trwbl, Mr Thomas." Cododd gan wthio'i chadair yn ôl. "Dylen ni fynd."

"Iawn," meddai Roger, gan godi.

Rhoddodd Mam-gu ei llaw ar fraich y Ferch Wyllt. "Ti o linach dda, Kate. Paid anghofio hynny. Alla i ddim diolch digon i ti, ac ma wastad croeso i ti ddod i gael cinio yn fy nghartre, gyda chaniatâd dy fam, wrth gwrs."

Gwenodd Kerry. "Wel, doedd gan Kate ddim byd ond pethau da i'w dweud amdanat ti. Diolch, Lilly, ac i ti, Gemma."

Helpodd Mr Banerjee Mam-gu i wisgo'i chot. Wnaeth hi ddim edrych ar Mr Thomas tan ei bod wedi ei botymu, ac yna meddai, "Pob llwyddiant i chi ac i'r fferm, beth bynnag wnewch chi ddewis gwneud."

O'n i'n dal i sefyll yna wrth iddyn nhw gerdded allan. "Wela i di yn yr ysgol, Kate." Edrychodd hi i fyny o'r llun. Gwenais arni a nodiodd Kate ei phen.

Cerddais allan wrth i gar Roger ddechrau gyda bang. Chwifiodd Mam-gu ata i a gwyliais i nhw'n gyrru i ffwrdd. Pylodd y sŵn o'i gar wrth i mi wthio fy meic heibio'r tŷ fferm. Roeddwn yn disgwyl clywed dadl ond doeddwn i ddim yn gallu clywed unrhyw beth. Roedd hi fel pe na bai unrhyw un yna. Dechreuais bedlo a meddwl am Kate. Ro'n i'n teimlo'n wahanol amdani hi, er iddi fod yn haerllug tuag ata i y rhan fwyaf o'r amser.

O'n i'n mynd ar wib lawr yr allt pan gofiais am Siân, a gwaeddais ar y gwynt.

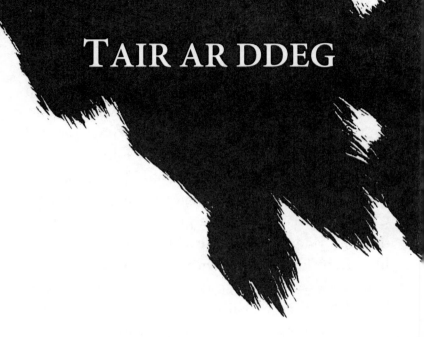

TAIR AR DDEG

"So?" Roedd wyneb Siân reit yn fy wyneb i. "Pam wnest di jyst sefyll yna pan oedd y Ferch Wyllt yn pigo ar fy mrawd i?"

O'n i eisiau gwybod pam ei bod yn casáu Kate gymaint. O'n i eisiau bod yn bwyllog a pheidio teimlo fy nghoesau'n crynu. Roedd Tracy, Karen a Jo yn crechwenu arna i dros ei hysgwydd hi, yn falch bod rhywun arall mewn trwbl – o'n i'n adnabod y teimlad hwnnw.

"Gwahoddodd Mam-gu hi draw, ocê?"

"Na, dyw hi ddim yn ocê," meddai. "Wyt ti a'r Ferch Wyllt yn ffrindiau nawr neu beth?"

Roedd fy nghalon i'n curo'n galed. O'n i'n gwybod pe bydden i'n dweud "ydyn" y byddai Siân yn dechrau pigo arna i a fi fyddai'r un ar y bws wrth y ffenest. Fydden i ar fy mhen fy hun. O'n i'n teimlo'n wael yn dweud, "Na."

Fi oedd y cyntaf allan o'r dosbarth amser cinio ac yn falch fy mod wedi dod â fy meic. O'n i eisiau dianc. Ar y ffordd i dy Mam-gu dychmygais ennill y Tour de France fel Geraint Thomas – ond taw fi fydde'r ferch gyntaf erioed i ennill y ras. Es i mewn i'r iard gefn, parcio fy meic a chnocio ar y drws cefn.

Agorodd Mam-gu'r drws. "O, Gemma."

Roedd hi'n edrych yn syn. Es i mewn a sylwi ei bod wedi gosod dau blât ar y bwrdd.

"Disgwyl rhywun?"

"Ydw a dweud y gwir," meddai, wrth fynd 'nôl mewn i'r gegin.

Siŵr o fod mai'r Roger diflas yna oedd yn dod draw, ond os oedd Mam-gu'n cael cwmni, yn enwedig ar ôl i Ruby farw, pam ddylwn i boeni? Daeth hi o'r gegin gyda phlât arall.

"Sori, Mam-gu," dywedais, "ond o'n i eisiau dianc o'r ysgol."

"Mae'n iawn. Dw i wedi gwahodd Kate draw. O'dd rhywbeth o'n i eisiau gofyn iddi."

Canodd y gloch. "Dyna hi."

"Kate?"

"Ie. Ateba'r drws iddi nei di?"

O'n i wedi colli rhywbeth?

"Iawn?" meddai Kate wrth i fi agor y drws.

"Helô, Kate," meddai Mam-gu tu ôl i fi. "Dere mewn o'r oerfel ac eistedd lawr."

O'n i wedi mynd i dŷ Mam-gu er mwyn dianc o'r ysgol ac wedyn sylweddoli ei bod hi'n disgwyl Kate heb ddweud wrtha i.

"Wna i fynd, Mam-gu," dywedais.

"O, nonsens. Eistedda lawr."

"Sdim awydd bwyd arna i. O'n i jyst yn galw ar y ffordd adre." Es i mas y cefn.

"Gemma?"

"Ma rhaid i fi fynd, Mam-gu," gwaeddais wrth i fi gau'r drws.

Yn yr iard gefn o'n i'n gallu teimlo dagrau'n llosgi fy llygaid. Es i i nôl fy meic a chael sioc.

Roedd e wedi mynd.

Rhedais allan i'r lôn. Y pen arall o'n i'n gallu gweld bachgen yn ei reidio i'r pellter.

"Oi!" gwaeddais.

Rhedais mor gyflym ag y gallwn i, ond does dim ots faint o feicio chi'n ei wneud, dyw e ddim yn eich gwneud chi'n rhedwr da. Gyrhaeddais tua hanner

68

ffordd lawr y lôn cyn bod rhaid i fi stopio am fy mod allan o wynt. Roedd e wedi hen fynd.

"O, beth sy'n bod, Gemma?" Ryan oedd yna gyda grŵp o fechgyn.

"Pwy oedd e?" gofynnais. "Pwy wnaeth ddwyn e?"

Crechwenodd. "Dwyn beth?"

Cydiais i ynddo fe. "Pwy oedd e?"

"Cer o 'ma!" gwaeddodd. "Pan glywith Siân am hyn fyddi di mewn trwbl."

"Pwy oedd e?"

Ciciodd e fi, a chyn mod i'n gwbod, ymunodd y bechgyn eraill hefyd. Doedd dim gobaith gen i ymladd 'nôl. Roedd un yn tynnu fy siwmper ac un arall yn taro fy mraich i geisio gwneud i mi ollwng fy ngafael ar Ryan, ac ar hyd yr amser o'n i'n ysgwyd Ryan tan i mhen ddechrau brifo.

"Hei!"

Roedd rhywun yn eu tynnu nhw oddi arna i.

Trois a gweld bachgen tal gyda chroen tywyll a gwallt du fel y frân – roedd e'n olygus iawn. Doeddwn i ddim wedi ei weld o'r blaen.

"Bechgyn yn ymosod ar ferch!" meddai.

"Dyw e'n ddim o dy fusnes di," gwaeddodd Ryan.

"Ydy'ch mamau'n gwbod eich bod yn gwneud hyn?"

"Cer o 'ma."

Tynnodd y bachgen golygus rywbeth o'i fag cefn.

Gwelais fflach o arian fel cleddyf. Camodd y bois yn ôl. Chwarddodd. "Ofn cerddoriaeth?" meddai gan ddal ffliwt.

"Ti'n od," meddai Ryan.

Dechreuodd y bachgen golygus chwarae a cherdded tuag atyn nhw. Cerddon nhw oddi wrtho, fel pe bai gan ei fiwsig bwerau hud. Gwaeddon nhw bethau cas ato, ond parhaodd e i chwarae. Ar ôl iddyn nhw fynd, trodd ata i. Mae'n rhaid mod i'n edrych yn flêr – gwallt yn hongian dros fy wyneb a fy siwmper yn ddi-siâp.

"Beth ddigwyddodd?" gofynnodd.

"Ro'dd rhywun wedi dwyn fy meic ac roedden nhw'n gwbod pwy." O'n i'n teimlo fel crio ond dyna oedd y peth olaf o'n i eisiau ei wneud o'i flaen e. Roedd i'w weld fel pe bai'n poeni amdana i.

"Dy fam-gu yw cymydog fy nhad-cu, ontefe?"

Nodiais.

"Dylen ni alw'r heddlu."

Roedd hi'n neis ei fod wedi dweud "ni" ond ysgydwais fy mhen. "Dim pwynt. Mae e wedi mynd nawr."

A dyna pryd ddaeth y dagrau. Trois a rhedeg.

"Hei!"

Roedd fy meic hyfryd wedi mynd ac roeddwn wedi dechrau crio o flaen bachgen golygus.

PEDAIR AR DDEG

Doeddwn i erioed wedi colli ysgol ar bwrpas, ond allwn i ddim wynebu mynd 'nôl i'r ysgol heddiw. Felly es i adre a chael bath. Gorweddais yna yn teimlo'n flin amdana i fy hun. Meddyliais am ŵyr Mr Banerjee. Mae'n rhaid mai ef oedd y chwaraewr ffliwt o'n i wedi ei glywed drwy'r wal yn nhŷ Mam-gu. Beth oedd ei enw tybed? Roedd ganddo lygaid anhygoel, a dannedd a gwallt hyfryd. O'n i'n teimlo cywilydd achos doeddwn i erioed wedi bod yn gyfeillgar iawn tuag at ei dad-cu. Penderfynais y byddwn yn gwneud mwy o ymdrech. Yna fe gofiais am fy meic a suddais dan y dŵr gan wneud i fy ochenaid droi'n swigod.

Ar ôl cael bath paratois bedair tafell o dost a jam a gwylio'r teledu wrth orwedd ar y soffa. Hyfryd – er fy mod yn teimlo ychydig yn nerfus gan y dylwn i fod yn yr ysgol. Syrthiais i gysgu a deffro pan glywais yr allwedd yn troi yn y clo. Cerddodd Mam mewn.

"Beth ti'n neud fan hyn?"

"Teimlo'n dost, Mam. Es i mewn bore 'ma. O'n i ddim yn teimlo'n dda felly es i i dŷ Mam-gu amser cinio. Wedyn nath rywun ddwyn 'y meic i."

"O, Gemma. Nest ti gloi e?"

"Na, Mam. O'dd e yn iard gefn Mam-gu."

"Wel, beth ti'n disgwyl ar stad y Mawr? Man a man i ti roi nodyn arno fe'n dweud 'beic am ddim'. A phaid â gofyn i fi am un newydd achos dyw e ddim yn mynd i ddigwydd, oni bai bo ni'n ennill y loteri."

O'n i'n dwp i beidio cloi fy meic ac yn dwp i ddisgwyl unrhyw gydymdeimlad. Yna daeth Darren mewn a dweud, "Mae Siân ar dy ôl di – wedon nhw bo ti 'di ymosod ar 'i brawd hi. Mae'n mynd i dy ladd di."

"Beth yw hyn?" gofynnodd Mam.

"Nes i ddim ymosod ar unrhyw un. Nethon nhw bigo arna i – y pedwar ohonyn nhw. Welon nhw pwy wnaeth ddwyn 'y meic i, Mam. Welon nhw'r cwbl!"

"A ti'n disgwyl iddyn nhw ddweud wrthot ti pwy o'dd e, jyst fel 'na, wyt ti? Y Bryn Mawr yw hwn. Ti ddim yn mynd i newid y lle."

"Beth ddylen i neud 'te?"

"Drycha, fi'n gwbod o't ti'n lico'r beic 'na, Gemma, ond bydd rhaid i ti anghofio amdano fe."

"Na, Mam, fi'n mynd at yr heddlu."

"O, briliant. Merch Robbie Matthews yn troi lan ac yn gofyn am ei beic 'nôl. Ti'n gwbod beth fydd yr heddlu'n dweud? Byddan nhw'n dweud 'syrfo chi'n reit'. Sori Gemma, ond well i ti ddechre safio i brynu un newydd."

O'n i'n benderfynol o beidio crio.

"Ie," meddai Darren. "A wna i ddweud wrth yr ysbyty am ga'l gwely'n barod ar ôl i Siân orffen gyda ti."

Trodd Mam arno cyn i fi gael cyfle i'w ateb. "A galli di gau dy geg. Dw i isie heddwch pan dw i'n dod gartre. Ti'n deall?"

Aeth Darren yn dawel. "Iawn, Mam." Yna gwenodd arna i, ond doedd dim ots gen i. Roedd gen i bethau mwy i boeni amdanyn nhw, fel pwy nath ddwyn 'y meic i, a gorfod wynebu Siân.

PYMTHEG

O'n i'n sefyll yn y bws llawn ac wir yn ofnus. Pan gyrhaeddon ni arhosfan Siân, dyna le roedd hi gyda Tracy a'r gweddill. Dechreuodd yr adrenalin ruthro o gwmpas fy nghorff i. Roedd hi'n chwilio amdana i yn syth ar ôl dod ar y bws. Mae rhywbeth caled a chreulon am lygaid Siân, fel pe bai hi'n hela – isie lladd.

"Ti a fi angen siarad," gwaeddodd pan welodd hi fi. Roedd gormod o blant yn yr eil iddi allu fy nghyrraedd i, felly wrth i'r bws fynd yn ei flaen edrychais allan drwy'r ffenest. Gallwn ddychmygu fy hun yn beicio mewn ras yn y gemau Olympaidd, yn arwain y pac gyda fy nghoesau'n symud fel y gwynt. Yna sylweddolais fod y bws wedi stopio, a dechreuodd yr adrenalin ruthro eto wrth i bawb fynd oddi arno.

Daeth Siân yn syth ata i. Roedd hi'n edrych fel ci ffyrnig.

"Pam nest di fwrw Ryan?"

"Nes i ddim—"

Trawodd hi fi ar draws fy moch. Stopiodd yr holl siarad arferol. Roedd fy moch yn llosgi, a theimlais ddeigryn yn llifo o'm llygad. Roedd plant o'n cwmpas ni, fel pe bai rhywun wedi dweud wrthyn nhw am ffurfio cylch taclus.

"Nes i ddim bwrw fe." Ro'dd fy llais yn crynu.

"O'dd e'n sefyll yn y lôn yn meindio'i fusnes ei hun," meddai. "Wedyn ti'n cyrraedd a dechre pigo arno fe."

Paratois fy hun am glatsien arall pan wthiodd Kate ei hun i'r cylch.

"Helô."

"Cadwa di mas o hyn," meddai Siân wrth bwyntio ati. "Ife hon yw dy *bodyguard* di?" meddai wrtha i.

O'n i ddim yn teimlo mor ofnus pan oedd Kate yn sefyll yna. "Wnes i ddim bwrw dy frawd di," dywedais eto. "Gath 'y meic i 'i ddwyn a welodd dy frawd pwy nath e."

"Wedodd e bod e heb weld dim a bo ti'n 'i gyhuddo fe o gario clecs."

"Os na welodd e ddim, o'dd e methu cario clecs 'te, o'dd e?" Dyna hi. Ond o'n i'n gallu dweud, mond wrth edrych arni, mod i allan o'r gang. O'dd rhan ohona i'n falch. Trodd hi a cherdded bant. Chwarddodd Karen, Tracy a Jo arna i cyn ei dilyn hi. Chwalodd y cylch o blant mewn siom.

Aeth Kate a fi mewn i'r ysgol.

"Glywes i fod rhywun 'di dwyn dy feic di," meddai. "Ife dyna pam o't ti ddim yn yr ysgol yn y prynhawn?"

Nodiais.

"O'dd dy fam-gu'n poeni bo hi 'di ypseto ti."

"Na," dywedais yn gelwyddog.

"Gofynnodd hi i fi ddweud wrthot ti am fynd i'w thŷ hi heddi, am ginio."

"Ti'n mynd?" gofynnais

"Oni bai ei fod e'n broblem?"

Codais fy ysgwyddau.

Weles i ddim o Siân wrth i ni adael amser cinio, ac fe aethon ni'n syth am y teras.

"Unrhyw newyddion?" gofynnodd Mam-gu yn syth ar ôl iddi agor y drws.

"Am beth?"

"Dy feic di wrth gwrs. O, pam na nest di gloi e, Gemma?"

"Mam-gu, paid ti â dechre. Gath e 'i ddwyn, ocê?

Y mai i. Sa i'n beio unrhyw un ond fi fy hunan. Fi mor dwp!" Dechreuais i grio. "O'n i'n dwlu ar y beic 'na …"

"Dere 'ma." Rhoddodd Mam-gu ei breichiau o nghwmpas i a gwnaeth hynny fi'n waeth fyth.

Fyny yn stafell ymolchi Mam-gu, golchais fy wyneb. Roedd fy llygaid wedi chwyddo a fy moch yn dal yn goch ar ôl y glatsien. Gwrandewais wrth y wal ond ni allwn glywed unrhyw beth o drws nesa, felly nes i ddyfalu bod "Banerjee golygus" yn yr ysgol – rhyw ysgol fonedd i fechgyn a merched sy'n chwarae'r ffliwt neu'r piano, siŵr o fod.

Ar y landin gallwn glywed Kate a Mam-gu'n siarad. Es i lawr, yn teimlo'n annifyr. Es i mewn a gweld papur ugain punt wrth ochr fy mhlât.

"Beth yw hyn?"

"Tuag at feic newydd," meddai Mam-gu. Cododd ei llaw. "Dim gair, Gemma. O't ti'n dwlu ar y beic 'na – mae e 'di helpu ti i fod yn iach. Ti'n rhy denau, cofia, ond ma'n well 'da fi 'nny nag wyres sy'n gorfod ca'l ei rholio lawr yr hewl. Rho fe i gadw, a cyn bo ti'n gwbod byddi di 'nôl ar dy feic." Chwarddodd. "Ar dy feic – 'na un dda!"

"Diolch, Mam-gu."

Wrth i ni ddechrau bwyta o'n i eisiau gofyn am ŵyr Mr Banerjee mor naturiol ag y gallen i.

"Glywes i ffliwt yn chware drws nesa eto." Celwydd llwyr ond o'n i wir eisiau gwybod.

"O, ŵyr Mr Banerjee," meddai Mam-gu. "Dyn ifanc hyfryd. Mae e'n astudio'r ffliwt yn yr academi yng Nghaerdydd. O'dd e'n poeni llawer amdanat ti a'r beic, Gemma."

Nodiais. "Beth yw ..." *Cadwa'n cŵl*, meddyliais. "Beth yw ei enw fe?"

"Karuna."

"Karuna," ailadroddais.

Roedd Mam-gu a Kate yn syllu arna i ac ro'n i'n siwr eu bod wedi dyfalu fy mod i'n ei ffansïo fe. O'n i'n gwbod bod fy mochau ar dân.

"Bwyd neis, Mam-gu," dywedais, er mwyn newid trywydd y sgwrs.

O'dd hi'n edrych yn syn.

Dechreuodd Kate a hi siarad ac o'n i'n hapus i wrando.

"Mae Mostyn yn rhoi pwysau ar Dad am yr arian sy arno fe iddo fe, ac ma fe'n moyn 'i gael e 'nôl, a 'na ble ma'r da yn pori. Ma 'da Mostyn lwyth o wartheg – dyw e ddim angen ein rhai ni."

"O, 'na drueni," meddai Mam-gu. "Dw i'n cofio pan o'dd dy dad-cu, Gareth, yn arfer dod â'r gwartheg i bori ar y comin. Cyn iddyn nhw adeiladu Bryn Mawr o'i gwmpas e, wrth gwrs."

"O'dd *Commoners' Rights* 'da fe, Lilly," meddai Kate.

"Beth yw hwnna?" gofynnais.

"Ro'dd Dad-cu'n cael mynd â'r gwartheg lawr i Gomin y Mawr i bori am ddim."

"Ac o'dd y da'n cadw'r gwair yn daclus," meddai Mam-gu. "O'n nhw'n byta'r cwbl. O'n i wrth y modd yn 'u gweld nhw yna. O'dd pethe mor syml yn y dyddie yna. Wy'n gwbod bod hynny'n synio fel siarad hen ffasiwn ond ma'n wir. Alla i ddim deall o gwbl pam fod trwbl o hyd – trais a sŵn a chreulondeb. Gath ffenest Polly Williams ei dorri y dwarnod o'r blaen am ddim rheswm. Casineb pur. Dw i jyst ddim yn deall y peth."

O'n i ddim wedi meddwl amdano fe fel 'na o'r blaen, ond y cwbl chi'n clywed ar y newyddion yw am drywanu neu ladd a llofruddiaeth – fel dywedodd Mam-gu, mae creulondeb ym mhobman.

Wedyn, cerddodd Kate a fi ar hyd y lôn gefn ac yn ôl i'r ysgol. Wnaethon ni ddim siarad llawer, ond doeddwn i ddim yn teimlo'n anghysurus y tro hwn.

"Shwt olwg o'dd arno fe – y bachgen nath ddwyn dy feic di?"

"Odd e'n rhy bell i ffwrdd. Ond hyd yn o'd tasen i'n gwbod pwy nath, bydde fe ddim yn fodlon dweud lle ma'r beic."

"Un coch, ontefe?"

"Un *hybrid*. Licen i ga'l un rasio ond bydde'r hewlydd ffordd hyn yn fy ysgwyd i'n ddarne!"

"Beth o'dd 'i enw fe – y *make*?"

"Vortex. Pam?"

Cododd Kate ei hysgwyddau. "Wna i gadw llygad mas amdano fe."

"Diolch."

Ar wahân i Mam-gu, dyna oedd y peth neis cynta i unrhyw un ddweud wrtha i am amser hir. Wrth i ni agosáu at ben draw'r lôn, sylwais ar grŵp o fechgyn wedi ymgasglu o gwmpas un o'r drysau cefn. "Co ni off," dywedais dan fy anadl.

"Nyter!" gwaeddodd un ohonyn nhw o'r iard gefn.

"Ma fe'n drewi!" meddai bachgen arall.

"Cer o 'ma!" clywais rywun yn gweiddi. Roedden nhw tu allan i dŷ 'Geraint Gwallgo'.

Cerddodd Kate atyn nhw.

"Ie, beth ti moyn?" meddai un bachgen. Yna agorodd ei lygaid led y pen. "Y Ferch Wyllt!"

Nodiodd Kate. "Ie. Ti moyn ca'l dy gario i'r ysgol?" Rhedodd y bechgyn i ffwrdd. "Ffrîc!" gwaeddon nhw.

Anwybyddodd Kate nhw a churo ar y drws.

"Beth ti'n neud?" gofynnais iddi.

"Cer i ffwrdd!" clywais Geraint yn gweiddi.

"Chi'n iawn?" gofynnodd Kate drwy'r drws.

Agorodd y drws yn sydyn ac roedd Geraint yn sefyll

yna mewn dillad brwnt, yn edrych fel trempyn. "Cer i ffwrdd!"

"Jyst tseco bo chi'n iawn," meddai Kate. Caeodd Geraint y drws yn glep.

"Geraint yw hwnna," dywedais. "Mae e off 'i ben."

Cerddod Kate ymlaen. Agorodd y drws eto ac roedd Geraint yn syllu arna i yn ei gardigan werdd fawr oedd fel ffrog arno fe. Roedd ei ddrewdod yn drwch o'i gwmpas. Aeth e 'nôl i'r tŷ a chau'r drws eto.

"Mae e'n drewi hefyd," dywedais wrth ddal fyny gyda Kate.

"Wel, ma rhaid ei fod e'n wallgo 'te," meddai.

O'n i'n gwbod ei bod hi'n bod yn goeglyd. O'n i'n teimlo braidd yn euog, yn enwedig ar ôl beth ddywedodd Mam-gu am y ffordd roedd pethau ar y stad. "Sdim drwg ynddo fe, sbo."

Wrth i ni gerdded yn ein blaenau sylwais ar sbwriel ar y llawr. O'n i ddim wedi ei weld mor wael o'r blaen – celfi wedi torri ar y pafin, teledu wedi chwalu a graffiti ym mhobman. Roedd y lle yn hyll.

Cadwais o ffordd pawb y prynhawn hwnnw yn yr ysgol. Wnes i ddim hyd yn oed edrych ar Siân, ond cyn y wers olaf roeddem yn mynd mewn i'r coridor pan ddaeth hi ata i.

"Wedi cael gair gyda Ryan am dy feic di. Wedodd e bod e ddim wedi gweld pwy wnaeth ei ddwyn e a dw i'n ei gredu e. Ond weda i beth wedodd e – wedodd e bod dy frawd Darren gyda nhw yn y lôn. A pan ddest di mas yn gweiddi am dy feic, mae Ryan yn credu diflannodd dy frawd di. Od, ontefe? Falle dylet ti fod yn edrych yn agosach i gartre cyn bo ti'n dechre pwyntio bys." Gwenodd yn filain. "Dyw hyn ddim ar ben, Ferch Wyllt Rhif Dau, ddim o bell ffordd."

* * *

Y noson honno es i fyny i stafell wely Darren. Daliais bapur pum punt uwch ei ben er mwyn iddo beidio gweiddi. Stopiodd chwarae'r gêm fideo – yr un saethu, bomio a lladd arferol.

"Beth yw hwnna?" gofynnodd yn syn.

"Pum punt."

"I beth?"

"I ti." Ceisiodd afael ynddo fe. "Gan bwyll, Darren. Dwi eisiau gwybodaeth."

"Dw i ddim yn gwbod pwy nath ddwyn y beic, ocê?"

"Wel, gallet ti ofyn i ambell un, dw i'n siŵr."

"Gostith e mwy na phum punt."

"Wedodd Siân wrtha i."

"Dweud beth?"

"O't ti yna."

"Nag o'n!"

"O, reit. Ma dy fêt di Ryan yn cario clecs am ddim, ody e?"

"Weles i ddim byd!"

"Wel, yn gynta doeddet ti ddim yna, nawr nest di ddim gweld unrhyw beth. Pa un sy'n wir, Darren? Nest di roi gwybodaeth i rywun a cha'l peth o'r arian gethon nhw am y beic?"

"Dw i heb neud dim. Dw i'n mynd i ddweud wrth Mam."

Aeth am y drws. Gafaelais ynddo a gorchuddio ei geg. Lledodd ei lygaid. "Gelli di ddweud beth fynni di wrth Mam ond dw i'n gwbod dy fod di yna, a wna i ddim anghofio hyn, Darren. Fy meic i. Beic dy chwaer dy hun. Ti'n fachgen cas."

Gadewais i fe yno'n hel meddyliau.

Un deg Chwech

Roedd hi'n bwrw glaw'n drwm fore dydd Sadwrn, ond roedd Mam eisiau i fi fynd i'r siop. "Dyma'r rhestr," meddai. "A ffoniodd dy fam-gu – wedes i y byddet ti'n nôl rhai pethau iddi hi 'fyd."

Nodiais. Edrychodd Mam arna i, yna gwaeddodd i fyny'r grisiau, "Darren! Cer gyda dy chwaer i'r siop."

"O, Mam!" gwaeddodd o'i stafell.

"Mae'n iawn," dywedais. "Does dim pwynt i'r ddau ohonon ni wlychu." A bod yn onest o'n i eisiau mynd allan. O'n i methu stopio meddwl am fy meic, a do'n i ddim yn gallu dianc hebddo, ddim dianc yn iawn, ta beth. Felly o'n i'n cerdded yn y glaw; dyw beicio yn

84

y glaw ddim yn hwyl ond o leia chi'n cyrraedd yna'n gynt. Roedd yr archfarchnad yn brysur ond doedd dim brys arna i, felly cymerais fy amser. Aroglais i Geraint cyn ei weld. Roedd e'n dal potel o rywbeth fodfedd o flaen ei lygaid. *Fe wna i ymdrech,* feddyliais i.

"Helô, Geraint."

"Cer o 'ma!" chwyrnodd.

"Sori." O leia dries i.

Wrth gerdded i ffwrdd fe glywais i, "Ody rhain wedi torri neu beth?" Roedd yn dal tun o domatos tuag ata i.

Es i 'nôl a darllen y label. "Ydyn," atebais.

"Dw i eisiau rhai cyfan!" gwaeddodd.

Roedd pobl yn edrych draw. O'n i'n dechrau teimlo fy hun yn cochi felly cydiais yn y tun iawn. "*Peeled plum tomatoes*," dywedais a rhoi'r tun iddo.

Fe'i cymerodd a'i osod yn ei fasged. "O'n i'n neud brecwast. Arllwyses i'r tun mewn i'r sosban ac o'n nhw i gyd wedi torri. Sbwyliodd e'r brecwast i gyd."

"'Na ofnadw," meddwn i.

"Nawr mae angen *corned beef* mewn tun arna i. Tun, cofia."

Beth allwn i wneud? Cerddais lawr yr eil. Roedd Geraint a'i arogl y tu ôl i mi. "Co chi," dywedais. "Tuniau o *corned beef*. Dau fath wahanol."

"Brand Co-op." Rhoddais yr un cywir iddo. "Cawl

85

potato and leek – tun."

Ac felly fi oedd helpwr Geraint y bore hwnnw.

Wrth i ni fynd yn ein blaenau byddai gweithwyr yn y siop yn edrych arna i mewn cydymdeimlad. Pasiodd un dyn a dweud, "Geraint, gwna ffafr â ti dy hun – cer i ga'l bath, nei di."

O'dd e mor haerllug. "Ti ddim yn gwynto mor neis â 'nny dy hunan!" dywedais yn ôl.

Ar ôl i ni orffen dywedais, "Unrhyw beth arall?"

"Na," meddai Geraint. "Cer o 'ma."

Y peth rhyfedd oedd nad o'n i'n teimlo'n grac a dechreuais chwerthin, a gwenodd e arna i. Diolch byth roedd y glaw wedi pallu erbyn i fi droi i'r lôn gyda stwff Mam-gu. Byddai'n rhaid i fi fynd yn syth 'nôl allan ar gyfer ein siopa ni ar ôl paned o de. Neidiodd fy nghalon pan welais i Karuna yn dod allan o lôn gefn Mr Banerjee. "Pwylla," dywedais wrtha i fy hun. Rhedais fy mysedd trwy fy ngwallt gwlyb oedd dros y lle.

"Helô," meddai gyda gwên anhygoel.

Gwenais. On i methu siarad. Dechrau da, meddyliais.

"Gobeithio dy fod wedi dod dros dy brofiad gwael gyda'r beic?"

"Dw i'n ocê," llwyddais i'w ddweud.

"Galw i weld dy fam-gu?"

Nodiais, yn nerfus i gyd. "Ydw, mae angen help arni gyda'r siopa a phethe," dywedais gan roi'r argraff mai fi oedd Santes Gemma o'r Mawr. Cywilydd!

"Wel, mwynha dy ddiwrnod. Cofion at Lilly." Posh iawn, meddyliais – "Mwynha dy ddiwrnod" a "cofion". Doedd neb yn dweud pethau fel yna ar y Mawr, ddim neb fy oed i beth bynnag.

"A ti," dywedais.

Cerddodd i ffwrdd.

"Dw i'n hoffi clywed ti'n chwarae'r ffliwt."

Trodd ata i. "Diolch. Mae'n rhaid i ti a Lilly ddweud os ydw i'n rhy swnllyd."

"Na. Ma hi'n 'i hoffi fe hefyd." O'n i'n trio ngore i fod yn hamddenol. "Dw i wastad wedi bod eisiau chwarae'r ffliwt."

Dyna gelwydd.

Gwenodd. "Wir? Mae'n offeryn hyfryd."

"Ydy," dywedais, fel petawn i wedi bod yn meddwl am y peth am amser hir.

"Dw i byth yn blino chwarae. Mae'r sain yn fy atgoffa i o haul, ac adar …"

"Neu bistyll ddŵr."

Gwenodd. "Ie." Roedd ei lygaid yn disgleirio fel gemau. "Ydy dy ysgol di'n cynnig gwersi offerynnau?"

"Na," dywedais, heb wybod yn iawn.

"Wel, wna i weld beth alla i 'i wneud."

Dechreuodd fy ffôn ganu. "Wela i di," meddai.

"Ie. Mwynha dy ddiwrnod. Cofion at Mr Banerjee."

Fe'i gwyliais yn mynd gyda gwên hurt ar fy wyneb, yna atebais y ffôn. "Ie?"

"*Gemma?*"

"Pwy sy 'na?"

"*Kate … ges i dy rif di gan dy fam-gu. Ble wyt ti?*"

"Tu ôl y teras."

"*Credu bo fi di ca'l y beic.*"

Rhedais mewn i dŷ Mam-gu. "Co'ch siopa chi!"

Gwenodd arna i. "Gobeithio taw dy feic di yw e, Gemma."

"A fi."

Rhedais at swyddfa'r post lle roedd Kate wedi dweud yr oedd hi. O'n i'n gallu ei gweld hi'n sefyll tu allan yn dal beic. Roedd dyn yn ei ddal hefyd a golwg flin ar ei wyneb, ac roedd mam Kate, Kerry, yn sefyll wrth eu hochor. Rhedais i atyn nhw a 'ngwynt yn fy nwrn. Fy meic i oedd e, heb amheuaeth. Nid y crafiadau ar y cyrn blaen yn unig; o'n i wedi rhoi *mudguards* coch ar yr olwyn gefn, felly doedd dim amheuaeth.

Pan eglurais hynny i'r dyn, dywedodd, "Wel, gallai unrhyw un ddweud yr un peth, on' gallen nhw?"

"Ble brynoch chi fe?" gofynnodd Kate iddo.

"Ffrind, reit?"

"Well i ni alw'r heddlu," meddai Kerry. "Gweld beth sydd ganddyn nhw i'w ddweud."

"Aros funud," meddai'r dyn. "Dales i arian am y beic 'ma."

"O'dd e wedi cael ei ddwyn," meddai Kate.

"Dw i'n credu dylech chi ddweud wrth yr heddlu," meddai Kerry yn dawel wrth y dyn.

Edrychodd o'i gwmpas yn nerfus.

Tynnais yr ugain punt roedd Mam wedi ei roi i mi am y siopa o'r bag. "Allwch chi gael hwn," dywedais, yn ysu i gael fy meic 'nôl.

"Na, Gemma. Cafodd e ei ddwyn," meddai Kate. "Mae e'n rhoi e 'nôl i ti achos ti bia fe." Edrychodd hi ar y dyn. "On'd wyt ti?"

Tynnodd yr ugain punt o fy llaw. "Gwobr am ffindo'r beic." Gollyngodd ei afael o'r beic a cherdded i ffwrdd.

"Hei!" gwaeddodd Kate ar ei ôl.

"Sdim ots," dywedais. "Ges i e 'nôl." Edrychodd hi arna i – roedd ei llygaid yn dal yn grac.

Gwenais arni. "O'dd hwnna'n wych, Kate. Ti'n anhygoel."

"MAM!" gwaeddais. "Ges i'r beic 'nôl!"

Daeth hi allan o'r gegin. "Ble oedd e?"

"Daeth Kate o hyd iddo yn y dre. Roedd dyn yn

reidio fe. Stopiodd hi fe a ffonio fi. Ma hi'n grêt."

"Da iawn."

"Roddais i'r arian i'r dyn, ond mae'n iawn ..."

"Nest ti beth?"

"Mae e gen i, Mam. Mae'r ugain punt gen i, ond rhoddes i fe iddo fe, wel achos mae'n rhatach na phrynu beic newydd, on'd yw e? Wna i nôl gweddill y siopa nawr."

Cwynodd Mam wrth i fi fynd i fy llofft i nôl yr arian roedd Mam-gu wedi ei roi i fi, ond ro'n i mor hapus doedd dim ots gen i. Es i'n syth 'nôl ar ôl bod yn yr archfarchnad – o'n i ddim eisiau cymryd y risg o fynd â'r beic a'i golli. Daeth yr haul allan fel pe bai'n falch drosta i. Ro'n i'n teimlo mor dda. Penderfynais feicio yr holl ffordd i fyny at y fferm yn syth a diolch i Kate yn iawn.

Kate Thomas – Merch Wyllt a daliwr lleidr beics Cymru.

UN DEG SAITH

O'n i'n rhydd eto. Roedd yr haul yn dal allan a'r heol yn wlyb ac y ddisglair, fel arian. O'n i'n hedfan. Gyrhaeddais ben yr allt a chodi fy mreichiau. "IEEEEI!" bloeddiais wrth syllu i lawr ar y Bryn Mawr. Ar y ffordd lawr gwaeddais yn hapus wrth i'r gwynt fy nghlatsio.

Daeth Kerry allan wrth i mi droi mewn i dir y fferm. "Helô, Gemma. Aeth Kate i rywle – nath hi ddim dweud i ble."

"'Di dod i ddweud diolch iddi am ffindo'r beic."

"'Na lwcus ontefe?" meddai. "Y cwbl nath Kate o'dd mynd at y dyn yna a dweud, 'Dyma feic yn ffrind i'.

O'dd dim ots 'da hi o gwbl."

Gwenais. O'dd Kate yn fy ngalw i'n "ffrind".

"Dere mewn i gael cwpaned o de," meddai, "gan dy fod wedi dod yr holl ffordd hyn. Paid becso, neith neb ddwyn dy feic di lan fan hyn."

O'dd arogl hyfryd yn y gegin. Eisteddais wrth y bwrdd wrth i Kerry baratoi diod.

"Isie bwyd?"

"Ydw plis, Mrs Thomas." Gwnaeth fy stumog swn mawr i gyd-fynd â fy ngeiriau.

"O, galwa fi'n Kerry, plis."

Daeth at y bwrdd gyda phlât o gacen ffrwythau.

O'dd e'n hyfryd, yn syth o'r ffwrn. "Lyfli," dywedais.

"Ti yw'r cynta, ti'n gwbod."

Stopiais fwyta. "Cynta?"

"Dw i ddim wedi cwrdd ag unrhyw un o ffrindiau Kate o'r blaen. Dw i'n falch," meddai. "Mae hi wrth 'i bodd â'r gwartheg 'na, ond ma hi'n treulio gormod o amser o lawer ar ei phen ei hun. Weithiau dw i'n edrych arni ac mae hi i weld wedi tyfu i fyny'n barod."

Syllodd hi arna i. O'n i'n meddwl efallai ei bod yn synnu faint o gacen oedd gen i yn fy ngheg. "Ydy hi'n siarad 'da ti?" gofynnodd.

Nodiais fy mhen, er nad oedd hyn yn wir.

"Dw i'n gwbod nad yw Kate eisiau i ni werthu'r da, a licen i tase hi'n deall …"

Gwthiais ragor o gacen i ngheg fel na fyddai'n rhaid i mi ddweud unrhyw beth.

"Dyw'r gwartheg 'na ddim yn ennill 'u bara menyn," meddai. "Mae hi fel pe bai gan Kate ddeuddeg anifail anwes. Gyda'r arian fydden ni'n ei gael allen ni dalu Mostyn 'nôl – gelen ni ddechrau newydd …" Roedd hi fel pe bai hi'n siarad gyda hi'i hun yn hytrach na fi. Syllais ar y llun o dad-cu Kate. Mae'n rhaid bod Kerry wedi sylwi.

"O'dd hi'n dwlu arno fe, a pan fuodd e farw nath hi ddim ymdopi'n dda iawn, sy'n rhywbeth naturiol. Dau fis yn ddiweddarach daeth clwy'r traed a'r genau. Gath ein gwartheg ni ddim y clefyd ond o'dd rhaid lladd y gyr i gyd, rhag ofn. Torrodd Kate 'i chalon. Llefen a llefen. Yn y diwedd nethon ni 'i hanfon hi bant at berthnase tra bod popeth yn digwydd. Pan ddaeth hi 'nôl na'th hi ddim siarad am fis … ddim o gwbl."

Syllodd allan drwy'r ffenest. "Dw i ddim yn gwbod pam dw i'n dweud hyn i gyd wrthot ti. Falle achos mod i ddim wedi cwrdd â ffrind i Kate o'r blaen ac achos nad yw hi'n dweud llawer. Ath hi allan ar hast gynne – gath hi ffrae fawr gyda'i thad."

Gwenodd hi arna i. "Wyt ti'n dod mlân gyda dy dad?"

Doedd dim cacen ar ôl felly dywedais i ddim a

chymryd llwnc o de fel nad oedd rhaid i mi ateb.

"O'dd rhywun yn llwgu, weden i."

Nodiais, yn dal i deimlo cywilydd. "Ydych chi'n gwbod am rywle ble ma rhaeadr?" Siaradais cyn i fi feddwl am beth o'n i eisiau ei ddweud.

"Sori?"

"Rhaeadr a choeden fawr. Ma'r dŵr yn llifo dros gerrig a chreigiau …" *Fel y rhan fwyaf o raeadrau,* meddyliais. *Dyna dwp!*

"Beth yw enw'r lle?" gofynnodd Kerry.

"Dim syniad."

"Y Comisiwn Coedwigaeth fydde'n gwbod, yn enwedig ffordd hyn – ma lot o gronfeydd dŵr a llynnoedd i gael 'ma."

Edrychais arni. "Well i fi fynd."

"Ddyweda i wrth Kate bod ti wedi bod 'ma. Fydd hi'n flin o dy golli di."

Wrth i fi fynd 'nôl lawr yr allt, o'n i'n meddwl tybed a fyddai Kate wir yn flin ei bod wedi fy ngholli i, neu ai ei mam oedd yn meddwl hynny. Pasiais y cae lle roedd y gwartheg yn pori ac oedi wrth y giât. Dyna lle roedden nhw, â'u pennau lawr yn cnoi'r gwair.

"Helô," dywedais. Anwybyddon nhw fi. "Ges i 'meic i 'nôl, diolch i Kate." Parhau i gnoi wnaethon nhw, fel pe bai ond hyn a hyn o amser gyda nhw. Roedd hyn yn wir mewn ffordd – ma nhw'n cael eu geni, eu godro a'u lladd a'u bwyta. O'n i'n teimlo'n flin drostyn nhw.

Roedd hi'n hyfryd beicio 'nôl mewn i'r Mawr. Penderfynais fynd i dŷ Mam-gu a chynnig gwneud rhywbeth i'w helpu o gwmpas y tŷ. Y tro hwn byddwn yn cloi fy meic yn sownd i beipen.

Wrth i mi fynd trwy'r dre cadwais lygad am Kate, ond doedd dim sôn amdani. Pan drois mewn i'r lôn gefn roedd torf o bobl o gwmpas drws cefn Mam-gu. Ges i ofn a meddwl bod rhywbeth gwael wedi digwydd.

"Beth sy'n bod?" gofynnais wrth fynd atyn nhw. Roedd hyd yn oed pobl yn edrych dros waliau'r cymdogion.

"Mam-gu! Mam-gu!"

"Mae Lilly'n iawn, Gemma," meddai Polly, ond roedd golwg ofidus arni.

"Mam-gu!" gwaeddais wrth wthio drwy'r dorf. Yna fe welais i fuwch – buwch go iawn.

DEUNAW

"Dyma Jane," meddai Mam-gu. "Cofio? On'd yw hi'n bert?"

Syllais ar y fuwch wrth i Kate lenwi bath tun â bwyd. Roedd pentwr o laswellt ar y ddaear. "Beth mae hi'n neud fan hyn?" gofynnais.

"Daeth Kate â hi i ngweld i."

"Am y dydd?"

"Na," meddai Mam-gu. "Mor hir â dw i isie, ontefe?"

"Geith hi ofal gwell fan hyn na lan fanna," meddai Kate. Syllodd ar y bryniau, fel petai fferm Thomas rownd y gornel. "Os yw hi'n ormod o drafferth wna i ei chymryd hi 'nôl."

"Ma hyn yn boncyrs!" meddai Roger.

"Paid ti â dechre!" meddai Mam-gu. "Fy iard gefn i yw hon. Fe wna i beth bynnag dw i isie."

"Ond beth am y gwynt a'r sŵn?" gofynnodd Roger.

"Dw i'n gorfod diodde dy wynt a dy sŵn di."

"Beth am fwyd?" gofynnais.

Pwyntiodd Kate at y bath tun. "Neith hwnna bara sbel fach. Alla i ddod â mwy os o's angen. Wedyn ma gwair, chwyn …"

"Wna i fynd rownd yn casglu pethe gwyrdd iddi," meddai Mam-gu. "Fe gadwith e fi'n ffit a bydda i'n gwneud ffafr â'r hen stad flêr 'ma.'

"O Lilly, dewch nawr – buwch!" meddai Polly.

"Faint o gathod sy 'da chi?"

"Dim ond dwy. Beth y'ch chi'n trio ei ddweud, Lil? Bod dwy gath yn gyment o drafferth â buwch fawr?"

"Na, dw i ddim yn dweud hyn, ond bydd hon yn rhoi llaeth i fi yfed a galla i neud menyn a chaws 'fyd. A'r cwbl ma hi isie yw gwair a phethach. Bydd hi'n ennill 'i bara menyn, dim fel cathod sy jyst yn cysgu a bwyta."

Ar y pwynt yma dyma Jane yn codi ei chynffon a chachu ar batio Mam-gu.

"Grêt," meddai Roger. "Mae'n mynd i fod yn drewi i'r uchel nefoedd 'ma!"

"Gaf i fe," meddai Mr Banerjee. "Tail ar gyfer fy

rhosod. Fyddan nhw'n tyfu'n dda."

"Dyna ti," meddai Mam-gu. "Bob tro bydd Jane yn cachu gwna i adel i ti wybod, Mr Banerjee. Galli di ddibynnu arna i."

"Bydd dim rhaid i chi ddweud wrtho," meddai Roger. "Bydd e'n gallu 'i wynto fe!"

Dechreuodd pawb gwyno am ba mor hurt oedd y syniad o gael buwch yn yr iard gefn, ac a bod yn onest, roedd rhaid i fi gytuno.

"Dim ots 'da fi," meddai Mam-gu, gan godi ei dwylo yn yr awyr. "Ma digon o broblemau mawr gyda ni ar y Bryn Mawr. Does dim isie i fi ddweud hynny wrthoch chi. Bydd y fuwch 'na, Jane, bydd hi ddim yn torri'ch ffenestri chi, nac yn dwyn, nac yn gweiddi pethe mochaidd, nac yn mygio chi pan ddewch chi 'nôl o'r swyddfa bost gyda'ch pensiwn. Na. Bydd hi'n bihafio'n dda, ac yn rhoi llawer mwy na ma hi'n ei gymryd, a bydd hi'n gwmni i fi. Plis rhowch gyfle iddi …"

Aeth pawb yn dawel.

Rhoddodd Mr Banerjee ei ddwylo at ei gilydd. "Fe ddaw hi â lwc dda i ni."

"Diolch," meddai Mam-gu, ac wrth i'r dorf ddiflannu, aeth Geraint fyny at Jane. O'n i'n synnu ei weld achos mae e fel arfer yn aros tu mewn.

"Ma hi'n lyfli, on'd yw hi, Geraint?" meddai Mam-gu.

Syllodd Geraint ar Jane. "Wna i adeiladu rhywle iddi gysgodi, os ti isie, Lilly," sibrydodd.

"Syniad da, Geraint."

"Ma tarpolin yn yr atig," ychwanegodd. "Bydd e ddim yn ffansi ond fe wnaiff y job."

"Tarpolin?" meddai Roger yn gwynfanllyd.

"Dim ond rhywle iddi gysgodi ma hi isie, Roger," meddai Mam-gu, "nid pafiliwn. Diolch, Geraint."

Trodd at bawb. "Reit, does dim mwy i'w weld nawr. Dw i isie setlo Jane yn ei chartre newydd a'i godro hi."

"Unrhyw laeth yn sbâr, Lilly, wna i ga'l e," meddai Roger.

"O, nei di? Wel, Geraint fydd y cynta gan ei fod e wedi cynnig gosod y cysgod. Nawr os nag oes ots 'da chi …" Chwifiodd Mam-gu ei breichiau ar bawb fel pe baen nhw'n golomennod.

Trois at Kate. "Es i lan i'r fferm ar y beic i weld ti. Wedodd dy fam ddim bod ti'n mynd â buwch lawr at Mam-gu."

Syllodd hi arna i gyda llygaid brawychus ei thad. "Achos dyw hi ddim yn gwybod."

PEDWAR AR BYMTHEG

"Buwch!" meddai Mam mewn syfrdan wrth iddi ffrio selsig. "Ti'n jocan?"

"Ma'n wir," meddai Darren. "Wedodd Ryan wrtha i – buwch fawr frwnt yn iard Mam-gu. Allwn ni fynd i weld hi?"

"Syniad pwy o'dd hwn 'te?"

"Y Ferch Wyllt, Mam. Y nyter 'na wedes i wrthot ti amdani," meddai Darren.

"Daeth Kate â hi yno, dros dro."

"O, dros dro fydd e, alla i ddweud wrthot ti nawr. Dw i moyn y fuwch 'na wedi mynd o 'na."

O'n i ddim yn hoffi'r ffordd roedd Mam yn trin

Mam-gu fel ro'dd hi'n fy nhrin i.

"Mam, 'i dewis hi yw e."

"Dewis? Af i draw 'na fory a siarad bach o synnwyr 'da hi," meddai wrth ysgwyd ei phen. Roedd y selsig yn tasgu yn union fel ei thymer hi. "Falle ei bod hi wedi mynd off 'i phen ar ôl i Ruby farw – ond buwch gyfan? Mae'n costio arian i gadw buwch."

"Ydy," dywedais. "Ma gwair mor ddrud y dyddie hyn."

"Paid ti a bod yn sarci, Gemma. Dy fai di yw hyn."

"Fi? O'n i ddim yn gwbod tan heddi."

"Ti drefnodd i Mam-gu fynd lan i'r fferm."

"Na Mam, Kate nath."

"Wel, gall Kate gymryd 'i buwch 'nôl."

Daeth hi at y bwrdd a thaflu dwy selsigen yr un wedi eu gorchuddio mewn olew ar ein platiau ni. O'n i'n gallu dychmygu Jane gyda'i llygaid mawr yn syllu arna i.

"Ga i fîns yn unig, Mam," dywedais.

"Paid dechre, Gemma. Dw i ddim yn yr hwyl."

"Wir nawr, Mam, dw i ddim eisiau nhw."

"Pam?"

Amseru gwael falle, ond dyna'r eiliad y sylweddolais i. "Dw i eisiau bod yn llysieuwraig o nawr mlân."

UGAIN

Fore dydd Sul wnaeth Mam-gu ddim ateb y drws. "Falle'i bod hi rownd y cefn gyda Jane," dywedais wrth Mam.

"Pwy yw Jane?"

"Y fuwch," dywedais.

Edrychodd Mam yn flin arna i. "Sdim amynedd gyda fi i fynd rownd," meddai. "Cer i agor lan i fi."

Dechreuais gerdded a dilynodd Darren fi.

"Gest di dy feic 'nôl 'te?" meddai gan grechwenu.

"Do. Gest di siâr go lew o'r arian, do fe?"

"Na!"

Aethon ni mewn i'r lôn gefn ac ro'n i'n gallu gweld

pobl wrth ddrws cefn Mam-gu eto.

"Neith hwnna ddim mo'r tro," roedd Roger yn dweud, gan edrych i fyny at Geraint oedd yn pwyso allan o ffenest llofft Mam-gu. Roedd e'n clymu cornel tarpolin glas i fachyn ar y wal.

"Ble ma Mam-gu?" gofynnais.

"Tu mewn yn gwneud caws," meddai Roger.

"Waw!" meddai Darren, wrth syllu ar Jane. "Buwch anferth go iawn."

"Bydda'n ofalus bo ti ddim yn 'i chynhyrfu hi neu fe neith hi droi arnat ti," meddai Roger. "Ma gwartheg yn beryglus. Ma nhw'n gallu lladd."

"Nagyn," meddai Darren.

Ar y gair dyma Jane yn troi a syllu ar Darren. Camodd 'nôl mewn ofn. Gwenais.

"Beth wyt ti ofn, Darren?" dywedais. "Buwch yw hi, ddim crocodeil."

O'dd y geiriau allan o ngheg i cyn i fi sylweddoli ma dyna beth roedd Kate wedi ei ddweud wrtha i y tro cyntaf i mi weld y gwartheg. Yna clywais gloch ffrynt Mam-gu. "O! Mam!"

Es i i gefn y tŷ a dyna lle roedd Mam-gu yn troi rhywbeth mewn powlen anferth! "Mam-gu, ma Mam wrth y drws!"

"O, Gemma, dw i ddim wedi stopio," meddai. "Rhwng godro, neud caws wedyn clirio'r iard."

"Gan bwyll nawr, Mam-gu," dywedais.

"Pam? Dw i ddim wedi mwynhau'n hunan gymaint ers y rhyfel. O, gyda llaw, nath ŵyr Mr Banerjee adael hwnna i ti." Pwyntiodd i gyfeiriad y cwpwrdd, a sylwais ar gasyn du.

"Beth yw e?"

"Ffliwt. Weddodd e bo ti wastad wedi bod eisiau chwarae. 'Na'r tro cynta i fi glywed shwt beth."

Agorais y casyn a gweld ffliwt hyfryd arian mewn dwy ran.

"Cymryd lot o ymarfer, Gemma," meddai Mam-gu. "Wedodd e y bydde fe'n rhoi gwers i ti rywbryd."

Teimlais yn gynnes ar ôl clywed hynny; yna clywais Mam yn curo'n uchel ar y drws.

"O, gad hi mewn er mwyn dyn," meddai Mam-gu. "Neith y drws yna ddim cymryd llawer mwy."

"Mam-gu, paid â dweud wrth Mam am y ffliwt," dywedais.

"Paid becso dim," atebodd wrth droi'r caws. O'n i wrth fy modd â'r ffordd yr oedd Mam-gu ddim yn cwestiynu rhai pethau. Es i drwodd ac agor y drws ffrynt.

"Ble ti 'di bod?" meddai Mam wrth gerdded mewn. "Sori, Mam."

Ar y pafin roedd dyn, menyw a dau o blant. "Dyma ble mae'r fuwch?" gofynnodd y dyn.

104

"Ie," dywedais. Tybed oedden nhw yma i wneud arolwg neu rywbeth.

"Allen ni ddangos i'r plant? Rhywbeth gwahanol, ti'n gweld."

"'Na i ofyn," dywedais.

Roedd Mam-gu'n dal i droi'r caws pan ddes i 'nôl. "Pobol wrth y drws, Mam-gu, yn gofyn a allan nhw weld Jane."

"Wrth gwrs. Dewch â nhw mewn."

Daeth Mam o'r iard. "'Na un o'r pethe mwya twp dw i wedi gweld yn fy mywyd, Mam. Dere mlân nawr, buwch fowr hyll yn yr iard gefen. I beth?"

"Llaeth, menyn, caws a chwmni," meddai Mam-gu.

"Cwmni? Ma'r fuwch ma'n siarad, yw hi?"

"Na. A phaid â'i galw hi'n hyll – ma hi'n sensitif. Ta beth," meddai o dan ei hanadl, "ti fawr gwell dy hunan."

Es i at y drws ffrynt a gwahodd y teulu mewn. Arweiniais i nhw drwy'r gegin lle roedd Mam yn dal i ddadlau gyda Mam-gu.

"Ma'n anghyfrifol, Mam!"

"Pam?"

"Pam? Buwch yw hi, 'na pam!"

"Ma isie bach o sbort mewn bywyd," meddai Mam-gu a chwerthin, yna sylwodd ar y teulu. "O, helô. 'Di dod i weld Jane, ife?"

"Os nag yw e'n ormod o drwbl," meddai. "John odw i a dyma fy ngwraig, Mary, a'r plant; ni yw'r Llewellyns o'r comin."

"Dim trwbl o gwbl, cariad. Ma hi mas y cefn. Dilynwch fi." Aeth Mam-gu â nhw allan.

"O'n i'n meddwl ca'l ieir," meddai'r dyn wrth ein pasio ni. "Bod yn fwy hunangynhaliol."

"Mae'n gadel dieithried mewn i'r tŷ," meddai Mam wrtha i, wrth i sŵn traed trwm ddod lawr y grisiau ac i Geraint gerdded heibio.

"Beth o'dd e'n neud lan lofft?" gofynnodd Mam.

"Creu rhywle i Jane gysgodi."

Dw i erioed wedi gweld Mam yn edrych mor syn. "Ma ganddi fuwch yn yr iard gefn, ma hi'n gwneud caws mewn bwced ac ae nytar yn crwydro lan lofft. Ma hi wedi mynd off 'i phen!"

Aeth Mam at y drws cefn. Sefais wrth ei hochor a gwylio Mam-gu yn dangos Jane i'r teulu. Roedd Geraint a Roger yn dal i ddadlau wrth iddyn nhw osod y tarpolin ar y wal gefn ac roedd Mr Banerjee yn rhofio tail buwch mewn i fwced.

"O's peth yn mynd yn sbâr?" gofynnodd Mr Llewellyn iddo.

"O's, yn bendant," atebodd.

"Helô, Mr Banerjee," dywedais.

Gwenodd arna i. "Helô, Gemma."

Roedd ganddo wên neis a charedig, a dechreuais ofyn i mi fy hun pam mod i wedi ei osgoi ar hyd y blynyddoedd.

Daeth Darren mewn o'r lôn gefn. "Neith hyn y tro, Mam-gu?" Roedd yn dal gwair a chwyn.

"Neith hwnna'r tro yn iawn, Darren."

"Alla i fwydo hi?"

"Iawn, ma hi'n lico gwair ffres a phethe."

Gwyliais fy mrawd slei a chas yn dechrau rhoi gwair i Jane, fel tase fe'n fachgen o'r wlad. O'n i'n syfrdan. Edrychais ar Mam, ond ro'dd hi'n dal i edrych yn syn ar Mr Banerjee yn rhofio tail. Roedd Darren yn gwenu wrth i Jane gnoi'r gwair yr oedd newydd ei fwydo iddi. "Mae llwyth mas y cefn, Mam-gu," meddai. "Na i nôl mwy."

"Da iawn, Darren! Da iawn!"

"Sa i'n credu'r peth," meddai Mam.

O'n i ar fin dweud "na fi" pan sylwais ar y llwyn wnes i helpu Mam-gu ei blannu ar bwys Ruby a sylweddolais i nad oedd hi wedi crybwyll y ci am amser hir. Nawr roedd ganddi lond iard gefn o bobl, ac roedd hi'n brysur ac yn hapus.

"Isie dy odro di, on'd o's e, ferch?" meddai Mam-gu wrth Jane. "Gemma, ti isie ei godro hi?' gofynnodd. "Ti 'di ngweld i'n neud."

Synnais fy hunan wrth ateb, "Iawn 'te."

UN AR HUGAIN

Roedd y tethi'n gynnes. Dysgodd Mam-gu fi i wasgu top y deth gyda fy mawd a gwthio gyda fy mysedd. Deallais beth i'w wneud yn fuan. Trodd Jane ei phen a thaflu edrychiad ata i fel pe bai'n dweud, "Ddim yn ffôl, nawr caria mlân." Roedd hi'n anhygoel i weld y llaeth yn chwistrellu allan a chyn hir roedd y bwced bron yn llawn. Yna cerddodd Ryan a Jamie mewn yn eofn i gyd.

"Pwy ddwedodd y gallech chi ddod mewn?" meddai Roger wrth osod y tarpolin gyda Geraint.

"'Di dod i weld y fuwch." meddai Ryan.

"Reit, wel, co hi. Nawr ewch o 'ma!"

"Allwch chi aros os bihafiwch chi," meddai Mam-gu.

"Mae'n fawr," meddai Jamie.

"Bydd yn ofalus! Ma hi'n godro," meddai Darren. "Ma hi'n beryglus. Alle hi'ch lladd chi."

"Crap," meddai Ryan, a chamu 'nôl.

"Beth yw hwnnw?" gofynnodd Jamie, gan bwyntio at y bwced.

"Llaeth, wrth gwrs!" meddai Mam-gu. "Ti'n ca'l dy *cornflakes* yn sych, wyt ti?"

Chwarddodd Roger a Mr Banerjee.

"O ble o't ti'n credu o'dd e'n dod 'te?"

Syllodd Jamie a Ryan ar y llaeth yn chwistrellu i'r bwced fel pe baen nhw newydd gael gwbod eu bod wedi bwyta sglodion gyda chynron ynddyn nhw.

"Mae'n cael ei dwymo," eglurodd Mam-gu. "neu fe alle fe'ch gwneud chi'n dost. Mae'n gorfod ca'l ei drin cyn mynd i'r siop."

Rhoddodd Jamie ei law dros ei geg a rhedeg allan i'r lôn gefn. Roedd llwyth o bobl yn dod draw i gael golwg ar Jane yn yr iard gefn. O'n i'n gweld hyn yn ddoniol achos, a bod yn onest, os ydych chi eisiau gweld buwch allwch chi fynd allan i'r wlad – mae llwyth yna – ond roedd y ffaith bod un mewn iard gefn ar y Bryn Mawr fel pe bai rhywun enwog wedi cyrraedd y dref.

Cerddodd Mam 'nôl a mlaen yn y gegin wrth i Mam-gu arllwys llaeth i bot mawr oedd ganddi ar y tân. "Dw i'n poeni, Mam."

"Dw i'n gwbod," meddai Mam-gu. "Robbie ife?" Robbie yw enw Dad.

"Na, Mam, ddim Rob. Ti!"

"Fi?" winciodd Mam-gu arna i.

"Ie, Mam. Dw i'n gwbod dy fod yn drist ar ôl colli Ruby a phopeth, ond buwch?"

"Do's 'da'r fuwch 'na ddim byd i'w wneud â Ruby. Gofynnodd Kate i fi a fydden i'n lico edrych ar ei hôl hi am sbel a neidies i at y cyfle."

"A nath y Kate 'ma roi arian i ti er mwyn edrych ar 'i hôl hi?"

Rhoddodd Mam-gu'r gorau i droi'r llaeth.

"Nawr, gwranda," meddai. "Y musnes i yw beth dw i'n neud yn y tŷ hwn, ocê? Dyw'r fuwch 'na ddim wedi costio ceiniog i fi hyd yn hyn ..."

Daeth Darren mewn gyda'i ddwylo'n llawn gwair. "Mam-gu! Ydy hwn yn iawn? Ges i e o ardd Geraint, wedodd e bod hi'n neud ffafr â fe." Roedd Jamie a Ryan y tu ôl iddo.

"Chi'n difetha hi," meddai Mam-gu gan wenu. "Iawn 'te, byddwch yn ofalus."

Es i at y drws cefn – o'n ddim yn eu trystio nhw, ond dyna lle roedden nhw, y tri ohonyn nhw yn bwydo pethau o ardd Geraint i'r fuwch.

"Paid dweud mwy, bach," meddai Mam-gu wrth Mam pan ddois i 'nôl. "Dw i'n ca'l sbort. Ac os ti'n poeni am yr arian dw i'n gadael i ti ga'l bob wthnos, paid. Wna i dy helpu di o hyd."

Roedd hyn yn newyddion i fi. Doedd gen i ddim syniad bod Mam-gu'n rhoi arian i Mam.

"Nid dyna beth yw e," meddai Mam. "Dw i jyst yn poeni am y straen arnat ti."

"Edrycha di ar ôl dy hunan a'r plant, a wna i edrych ar ôl yn hunan, ocê?"

"Ond pa mor hir ti'n mynd i'w chadw hi?"

Tynnodd Mam-gu dun allan o'r cwpwrdd. Tynnodd y bagiau te allan, ac yna o'r gwaelod tynnodd gwpwl o bapurau ugain punt. "Wna i ei chadw hi mor hir ag y mae Kate yn gadael i fi," meddai a rhoi arian i Mam. "A gyda llaw." Edrychodd arna i. "Ma dy ferch di wedi bod yn help mawr i fi. Sbesial. Merch sbesial."

Cochais.

DWY AR HUGAIN

Pan drois i mewn i glos y fferm roedd yr haul yn machlud felly o'n i'n gwybod y byddai'n rhaid i fi fynd yn ôl cyn hir, ond roeddwn i eisiau gweld Kate er mwyn dweud wrthi am bopeth oedd yn digwydd. Gallwn weld golau yn y sied odro, a dyna lle roedd hi'n taflu dŵr dros y llawr ac yn ei frwsio.

"Hia," gwaeddais.

Gwgodd wrth ddod ata i, gan edrych dros fy ysgwydd fel pe bai'n checio i weld pwy oedd o gwmpas. "Popeth yn iawn?"

"Popeth yn grêt. Mae'r cymdogion wrth 'u bodd â Jane hefyd nawr, hyd yn oed fy mrawd Darren. Mae

Mam-gu wedi cael pawb i'w helpu."

Aeth Kate 'nôl i olchi'r llawr.

"Nes i ga'l tro i odro," meddwn i. "Gyda fy nwylo – nes i odro Jane."

Dw i'n credu i mi weld hanner gwên ar ei hwyneb. Trodd car i glos y fferm ac edrychodd hi i fyny. Ei thad oedd yna. Daeth yn syth draw at y sied.

"Popeth yn iawn?" gofynnodd i Kate.

"Pam na ddylai fod?"

"O'n i'n siarad â Don Mostyn nawr ..." meddai.

Rhoddodd Kate y gorau i frwsio.

"Mae e eisiau dod draw i edrych ar y gwartheg. Wedes i bo nhw mewn cyflwr da a taw ti o'dd yn gyfrifol am 'nny."

Dylwn i ddim fod wedi bod yna a dweud y gwir, ond roedd hi fel petai fy sgidiau wedi eu gludo i'r llawr.

"Dechrau newydd, Kate. Bydd digon o arian dros ben i brynu *shredder*, fel y galla i dorri coed a chlirio gerddi'n iawn. Dw i'n mynd i sefydlu gweithdy fan hyn, ac wedyn—"

"Alla i gadw un o'r da?" gofynnodd Kate, ac edrychodd ei thad arni'n syn.

"I beth?"

Roedd hi'n dal y brwsh llawr mor dynn nes bod ei dwylo'n wyn. "Dw i isie cadw un."

"I beth?"

"Dw i eisiau buwch."

Ddywedodd hi hyn fel pe bai hi'n gofyn am ddillad newydd neu ffôn. Syllodd ei thad arna i. "Ma angen pob ceiniog arnon ni."

"Wna i brynu un wrthot ti. Galli di gymryd e mas o'n arian poced i – wna i dalu ti 'nôl bob yn damaid."

"Kate, paid â ngwthio i."

"Benthyciad buwch."

"'Na ddigon!"

"'Na 'nny 'te. Ti 'di ca'l digon ac wedi rhoi'r gorau iddi."

"Na. Ti jyst yn ddall i beth sy'n digwydd yn y byd ffermio. Ti'n grêt gyda'r gwartheg 'na, ond ti'n dair ar ddeg – ti ddim yn gwbod unrhyw beth am gwotas llaeth, na phrisiau cyfanwerthu, costau arolygu, costau brechu. Ti jyst yn gweld y fferm fel … fel se ti'n edrych ar lyfr llunie – Siôn a Siân yn mynd i'r fferm. Byddet ti eisiau i ni esgus ffermio achos 'na beth ni'n neud ar hyn o bryd. Jyst esgus!" Trodd a cherdded allan.

Aeth Kate lan at y drws, gan syllu ar ei ôl fel pe na bawn i yno. Roedd hi'n edrych fel pe bai'n ei gasáu.

"Dyw e dal ddim wedi sylwi bod un ar goll."

Gadawodd i'r brwsh syrthio ar y llawr a mynd. Gwyliais i hi'n diflannu i'r tywyllwch. O'n i'n mynd i fod yn hwyr 'nôl ond roedd hi mewn llawer mwy o drwbl na fi.

114

Roedd Mam yn gwylio'r teledu pan gyrhaeddais i adre. Roeddwn wedi ffonio wrth adael y fferm a dweud bod twll yn yr olwyn, jyst fel esgus. Roedd hi'n dal yn grac erbyn i fi gyrraedd adre.

"Sori, Mam," dywedais.

"Dw i ddim eisiau bod ar flaen y papur, Gemma: *Mam yn gadael i'w merch tair ar ddeg oed aros allan drwy'r nos.*"

"O'dd rhaid i fi stopio bob pum muned i bwmpio'r olwyn."

"Isie tiwb tu fewn newydd," meddai Darren.

"Co dy swper di," meddai Mam, wrth bwyntio at y bwrdd. Roedd porc, tatws a llysiau ar y plat. Wnes i ddim ymateb. O'n i'n llwgu gormod. Llowciais y tatws a'r llysiau. Roedd Mam yn gwylio'r teledu ac o'n i'n gallu synhwyro ei bod yn fy ngwylio i bob hyn a hyn.

"Wedodd Mam-gu fod pedwar bola 'da buwch," meddai Darren. "Pedwar!"

Rhochiodd Mam.

"Bwytaodd Jane lwyth o wair."

"Buwch yw hi, Darren," meddai Mam. "Dim Jane, buwch."

"Ma pobl yn rhoi enwau ar eu hanifeiliaid anwes on'd y'n nhw, Mam?"

"Dim anifail anwes yw'r fuwch 'ma, er mwyn dyn! Pryd ydych chi'ch dau'n mynd i ddeall ei bod hi'n ddigon anodd i fi ddal pen llinyn ynghyd heb i fy mam wyth deg oed edrych ar ôl buwch!"

"Mae lot o help 'da hi," meddai Darren. "Mae Jamie a fi'n helpu 'fyd."

"Os ti isie helpu allet ti dacluso dy stafell, neud dy olch dy hun a neud swper, ie? Fi sy angen help, ddim dy fam-gu!"

Gwenais.

"Dyw e ddim yn ddoniol, Gemma!"

"Mam, fydd hyn ddim yn para am byth," dywedais. "Ma hi'n hapus yn bod mor brysur, ac ro'dd hi mor drist pan fuodd Ruby farw."

"O'n i byth yn meddwl y bydden i'n ei ddweud e ond licen i tase'r ci 'na dal yn fyw."

"Licen i ddim," meddai Darren a fi ar yr un pryd.

"Ydych chi'ch dau wedi cael eich noddi i anghytuno â fi neu beth? Ac wyt ti'n mynd i fwyta'r porc 'na neu beth?" gofynnodd hi i fi.

"Na, Mam. Dw i ddim yn bwyta cig nawr. Neith e arbed arian i ti. Pa bynnag lysie nei di goginio, wna i fyta nhw."

Ysgydwodd Mam ei phen.

"Hei!" meddai Darren. "Allwn ni ddweud wrth Dad am Jane fory!"

Roedd hi'n ŵyl y banc ac o'n i wedi anghofio ein bod yn mynd i weld Dad.

"Dw i'n siŵr y bydd e wrth 'i fodd," meddai Mam, yna ochneidiodd. "Alla i ddim credu'r peth – gŵr yn y jael a mam â buwch yn yr iard gefn – jyst beth o'n i isie."

Yn ddiweddarach, pan o'n i yn fy stafell, driais i chwarae'r ffliwt am y tro cyntaf. Ond y cwbl allwn i gael allan ohono fe oedd sŵn fel hwter uchel.

"*Gemma!*" gwaeddodd Mam. "*Beth yw'r sŵn ofnadwy yna?*"

"Dim!" gwaeddais 'nôl.

Edrychais ar y biben arian hyfryd a dweud yn dawel, "Dim ond ffliwt fydda i byth yn gallu ei chwarae."

DAU DDEG TRI

Roeddem yn eistedd yn wynebu Dad ar fwrdd yng nghanol y carcharorion a'r ymwelwyr eraill. Doeddwn i byth yn teimlo'n gyffyrddus yno. Roedd yr holl garcharorion yn cwrdd â'u hymwelwyr yn yr un stafell. Roeddwn yn casáu hynny – weithiau byddech chi'n gweld pobl yn crio neu'n cael dadl, ac roedd tensiwn drwy'r amser.

Roedd Dad yn edrych yn heini ac yn iach, er bod ei wallt wedi ei glymu mewn cynffon ac roedd hwnna'n codi cywilydd arna i.

"Dylet ti weld hi," meddai Darren. "Mae'n anferth."

"Beth?" gofynnodd Dad.

"Y fuwch – yn nhŷ Mam-gu."

"Jôc yw hyn, ife?"

"Na."

"Ti'n edrych yn dda, Claire," meddai wrth Mam.

"Wel, yr holl haul hyn a'r bwyd ffantastig."

Sylwodd e ddim ar goegni Mam. "Dw i'n neud ymarfer corff drw'r amser nawr," meddai. "Alla i wneud cant o pres-yps."

O'n i'n grac nad oedd e am ofyn unrhyw beth arall am y fuwch – dyw hi ddim fel petai rhywun yn cadw buwch yn ei ardd gefn bob dydd.

"Ma hi'n neud caws a menyn 'fyd," meddai Darren.

"Pwy?"

"Mam-gu, gyda'r llaeth ma'n ca'l gan Jane."

"Pwy yw Jane?"

"Y fuwch," dywedais. "Mae'r holl gymdogion yn helpu, hyd yn oed Geraint."

Nodiodd Dad, ond o'n i'n gallu dweud nad oedd llawer o ddiddordeb ganddo. "Cant o sit-yps hefyd – ma'n stumog i'n galed, galed," meddai wrth daro ei fol. "Dw i fel dyn newydd, Claire. Fyddi di ddim yn fy nabod i pan ddo i mas."

"Grêt … a shwt beth yw balans banc y dyn newydd 'ma?"

"Wrth gwrs ma isie lot o gig coch arna i – protin. Felly pan fydda i gartre bydda i'n byta'r fuwch 'ma."

Chwarddodd yn uchel. Edrychodd Darren a fi arno'n drist.

"Ma dy ferch yn *veggie* erbyn hyn," meddai Mam.

"Beth? Gewn ni weld pa mor hir neith hwnna bara."

"Am byth, Dad. Dw i ddim eisiau byta anifeiliaid rhagor." O'n i'n teimlo'n browd, fel tasen i'n cyhoeddi'r peth o flaen pawb.

"Fe nei di os ti'n llwgu."

"Na."

Roedd e'n dechrau mynd ar fy nerfau i.

"Fetia i ddeg punt y byddi di wedi byta byrger erbyn i fi ddod allan o'r jael."

"Robbie," meddai Mam. "Est di i drwbl yn betio yn y lle cynta. Paid betio gyda dy ferch dy hunan."

"Jyst dweud, cariad. Dw i ar dy ochr di."

"Does dim ochrau, Rob. Pan ddoi di allan byddi di 'nôl yn y byd go iawn, a bydd rhaid i ti ennill arian – bach fel Jane."

"Pwy yw Jane?"

"Y FUWCH!"

120

DAU DDEG PEDWAR

"Ti ar ben dy hunan, Merch Wyllt rhif dau?" meddai Siân wrth iddi ddringo ar y bws. "Glywes i fod dy fam-gu'n gofalu am fuwch – ma hi 'di ca'l digon o bractis, ta beth."

Odd hi'n od, ond am ryw reswm do'dd Siân ddim yn fy mhoeni. Falle bod pethau mwy pwysig i boeni amdanyn nhw. O'n i'n dychmygu Jane yn sefyll yn yr iard gyda stêm yn dod allan o'i thrwyn a Mam-gu yn ei godro, ac o'n i'n dyfalu a oedd tad Kate yn gwybod bod un o'r gwartheg ar goll eto.

Cyrhaeddodd y bws yr ysgol ac wrth i bawb ddechrau gadael cofiais beth roedd Kate wedi ei ddweud wrtha i un tro am wartheg yn ymddwyn yn rhyfedd pan fyddan nhw'n cael eu cymryd i'r lladd-dy, fel pe bydden nhw'n gwybod bod rhywbeth o'i le. Dywedodd Kate wrtha i fod ceffylau'n cael eu rhoi allan i bori, sydd fel ymddeoliad – bwyta, cysgu a charlamu ar hyd y lle; ond dim gwartheg – ma nhw'n cael eu lladd a'u torri'n ddarnau a'u rhoi mewn byrgers neu fwyd ci.

"Ti'n anwybyddu fi?" meddai Siân gan wthio ei hwyneb ata i. "Ma'r Ferch Wyllt wedi dy newid di."

"Ma gwartheg yn cael bywyd gwael, ti'n gwbod," dywedais. Roedd hi'n edrych yn ddryslyd. "Y cwbl ma nhw'n neud yw bwyta gwair, a pan ma nhw'n cael llo mae'n cael ei gymryd i ffwrdd yn syth ar ôl iddo gael ei eni fel bod y fuwch yn dal i gynhyrchu llaeth, ti'n gweld, a ni'n cymryd y llaeth yna i'n hunan."

"So?"

"Bywyd diflas, ti'm yn meddwl?"

"Sdim ots 'da fi."

"Na. Jyst fel pawb arall."

"Ti'n trio bod yn od?"

"Na. Ti?"

O'n i eisiau mynd ac wrth i fi gamu mlaen, camodd hi yn ôl, oedd yn ddoniol. Chwarddais ac yna cydiodd hi yndda i.

Yng nghanol yr holl weiddi a sgrechian, sylweddolais pa mor hurt oedd ymladd. Roedd hi'n crafu ac yn bwrw ac ro'n i'n gwneud yr un peth 'nôl, ac a bod yn onest, doedd e ddim yn brifo. Roedd e jyst …wel fel dywedais i, yn hurt. Doedd Siân ddim yn gryfach na fi. Roedd hi'n grac ac yn gas. O'n i'n grac hefyd, ond roedd rheswm gen i, ac ar y foment yna, gollais i nhymer yn llwyr. Erbyn i athro gyrraedd ro'n i ar ben Siân, yn bwrw ac yn crafu. Pan dynnodd e fi oddi wrthi, o'n i'n gallu teimlo fy llygad yn chwyddo.

Syllais ar Siân a gweld nad oedd hi'n ddim byd ond bwli cas, ac o'n i'n gwbod nad oeddwn i ei hofn hi ragor.

"Camddealltwriaeth, syr," dywedais wrth yr athro. "O'n i jyst yn dweud wrth Siân pa mor wael yw bywydau gwartheg gan eu bod yn cael eu lladd mor ifanc ar gyfer byrgers a phethau. O'dd hi'n credu mod i'n siarad amdani hi, ond do'n i ddim. O'n i'n siarad am wartheg a pha mor wych y'n nhw." Roedd y plant o'n cwmpas ni wedi dechrau chwerthin. "Ma nhw'n rhoi eu llaeth i ni drwy'r amser a'r diolch ma nhw'n ei gael yw cael eu lladd cyn iddyn nhw hyd yn oed gyrraedd Blwyddyn Un!"

Roedden nhw'n meddwl mod i wedi 'i cholli hi, siŵr o fod, ond fi oedd yn rheoli ac roedd Siân yn gwybod hyn.

Daeth Kate ddim i'r ysgol y bore hwnnw ac ro'n i wir eisiau gwybod beth oedd yn digwydd, felly amser cinio rhedais allan o'r ysgol ac ar draws y comin i dŷ Mam-gu. Roedd ei drws cefn ar gau. Es i rownd a chnocio ar y drws ffrynt ond doedd dim ateb. Symudodd y cyrten i'r ochr a syllodd Roger arna i. Yna agorodd y drws ac roedd Kate yn sefyll yna. "Gest di fy nhecst i?"

"Na."

"Beth ddigwyddodd i dy lygad di?"

"Sdim ots. Beth sy'n digwydd?"

Edrychodd Kate i fyny ac i lawr y stryd. "Dere mewn."

Pan es i mewn i'r lolfa gwelais Mr Banerjee, Geraint, Roger, Polly, Mr Llewellyn a llawer o bobl nad oeddwn yn eu hadnabod. Roedd paneidiau o de gan bob un ohonyn nhw ac roedden nhw i gyd o gwmpas cadair freichiau Mam-gu, fel petai hi'n frenhines. Gofynnodd hi beth oedd wedi digwydd i'm llygad felly dywedais wrthi am y ffeit.

"Da iawn ti," meddai, a wnaeth i mi wenu. "Ni wedi bod yn aros amdanat ti, Gemma. Ti eisiau caws o laeth Jane?" Beth bynnag oedd wedi bod yn mynd ymlaen, doedd ganddo ddim byd i'w wneud gyda blasu caws.

"Ni wedi bod yn siarad," meddai Mam-gu. "Mae tad Kate yn gwbod nawr bod buwch ar goll."

"Wedes i wrtho fe," meddai Kate. "Aeth e mor grac. Ar y ffôn yn syth gyda Don Mostyn yn neud dêl. Bydd e'n dod draw i gasglu nhw unrhyw ddiwrnod nawr."

Ges i syniad. "Mam-gu. Pam na wnei di brynu Jane?"

"Dw i wedi meddwl am 'nny cariad," atebodd. "Ma

124

hi mhell dros fil o bunnoedd. Does dim arian fel 'na gen i, yn anffodus."

"Beth neith Mostyn â nhw?" gofynnais.

"Mynd â nhw at weddill y gyr a chael lloi unwaith neu ddwywaith falle, ac yna fe awn nhw'n syth i'r lladd-dy. Ma fe jyst isie ei gae e 'nôl, a'r arian sy'n ddyledus iddo fe."

"Hen ddyn mên," meddai Roger.

"Wy'n dwlu ca'l y fuwch 'na 'ma," meddai Mam-gu, "ac ma'r cymdogion yn teimlo'r un peth." Dechreuodd pawb gyfrannu at y sgwrs.

"Mae'n cynhyrchu caws neis iawn," meddai Roger gyda'i geg yn llawn.

"Mae'n dod â heddwch," meddai Mr Banerjee.

"Ydi," cytunodd Geraint.

"O'dd yr hufen wnes i o'r llaeth 'na ddim byd tebyg i unrhyw beth dw i erioed wedi ei flasu," meddai Polly.

Aeth pawb yn dawel a do'n i ddim yn gallu diodde'r peth.

"So? Beth sy'n digwydd?"

"Wel," meddai Mam-gu, "dy'n nhw ddim yn gwbod ble mae Jane eto, felly ni wedi penderfynu, neu ma Kate wedi awgrymu, bo ni'n cymryd y gweddill."

"Beth chi'n meddwl – y gweddill?"

"Ni eisiau'r holl ddwsin o wartheg fan hyn, ar y stad. A chadw'r peth yn dawel."

125

Sefais yna'n fud.

"Chi eisiau dod ag un ar ddeg buwch lawr fan hyn," gofynnais. "I'r Bryn Mawr?"

"'Na ti. Ma cartrefi gyda ni i bob un," meddai Mam-gu. "Ddywedon ni ddim byd o'r bla'n am ein bod ni eisiau bod yn hollol siŵr. Felly ofynnon ni i bobl, a bore ma bues i a Kate yn cyfweld â phawb o'dd â diddordeb er mwyn neud yn siŵr eu bod nhw o ddifri, a bod digon o le gyda nhw yn eu gerddi cefn neu iardiau. Yn y diwedd roedd gymaint o bobl eisiau buwch roedd rhaid i ni dynnu enwau mas o het! Ma cartref 'da ni i bob buwch. Ni'n mynd i'w cuddio nhw, Gemma. Eu cuddio nhw nes bo ni'n gallu dod o hyd i ateb tymor hir i helpu Mr Thomas. Ni eisiau i'r gwartheg 'na fyw yn hirach ac yn hapusach – lawer yn hirach nag y bydd Mostyn yn 'u cadw nhw'n fyw."

O'n i'n methu credu eu bod nhw o ddifri. "Allwch chi ddim cuddio deuddeg buwch yn stad Bryn Mawr!"

"Pam ddim?" meddai Roger.

"Ond sut chi'n mynd i'w ca'l nhw 'ma?"

"Yr un ffordd ag y daeth Jane 'ma," meddai Kate. "Dw i'n gwbod am lwybr sy'n mynd â ni'r holl ffordd at y bont dros y draffordd. Ma cae tu ôl i honno ac yna byddwn ni'n mynd â nhw i'w cartrefi newydd, cwpwl ar y tro."

"Ond fe gawn nhw eu gweld. Neith rywun gario clecs."

"A dweud beth?" meddai Mam-gu. "Weles i fuwch

mewn tre? Oni bai bod un ohonyn nhw'n mynd i siop am beint o laeth, does dim ots gan neb."

"Pryd chi'n mynd i neud hyn?"

"Fory."

"Fory?"

"Ie, a bydda i angen dy help di, Gemma," meddai Kate.

"Bydd hi'n ddiogelach ac yn dawelach ar ddiwrnod ysgol. Wnei di helpu?"

Syllon nhw i gyd arna i. "Dw i'n credu eich bod chi gyd yn boncyrs," dywedais. "Chi off eich penne …"

Meddyliais am fy ffeit gyda Siân a'r dicter o'm cwmpas. Sylweddolais y byddai'n well gen i fod yn boncyrs nag yn grac.

"Iawn, nawn ni neud e!"

Y noson honno, driais i chwarae'r ffliwt eto, ac am y tro cyntaf, llwyddais i gael sŵn da allan ohono fe. Yna daeth Darren mewn. "Cer mas!"

"Ga i?" gofynnodd.

Daliais y ffliwt hyd braich. "Na."

"Ddim y ffliwt, y gwartheg – dw i eisiau dod 'da ti fory i helpu gyda'r gwartheg."

"Beth?" dywedais, gan geisio esgus nad oeddwn yn gwybod am beth roedd e'n sôn.

"Dw i'n gwbod, Gem. Glywes i Roger yn siarad.

Mae'r holl wartheg yn dod ar y Mawr."

"Darren, ti'n gorfod mynd i'r ysgol."

"Ond fyddi di ddim. Pam na alla i ddod 'fyd?"

"Achos os golla i ysgol fydd e'n iawn, ond ddim i'r ddau ohonon ni."

"Wna i ddweud wrth Mam."

Eisteddais i fyny. "Drycha, os nei di gawlach o hyn … fydd Mam-gu'n colli Jane."

"Wna i ddim …"

"Wel cadw mas o bethe 'te."

"Na. Dw i moyn helpu."

"Pam?"

Alla i ddim cofio'r tro diwetha i mrawd i gochi, ond dyna lle roedd e'n sefyll ar waelod fy ngwely gyda'i ben wedi'i blygu.

"John Wayne," atebodd.

"Pwy?"

"O'n i'n gwylio ffilm am y bois 'ma ar geffylau yn symud gwartheg. O'dd John Wayne yn dysgu nhw."

"Sdim ceffylau 'da ni."

"Ma beiciau 'da ni. Plis, Gem. Fydda i o help, dw i'n addo."

"Darren, os ffeindith Mam mas …"

"Neith hi ddim. Diolch, Gem."

"Darren!"

Roedd e wedi mynd.

DAU DDEG PUMP

Wnes i ddim cysgu o gwbl a dros frecwast roedd Mam eisiau gwbod pam ein bod ni mor dawel.

"'Di blino," dywedodd y ddau ohonon ni. Syllodd hi arnon ni a dechreuais feddwl ei bod hi wedi dyfalu bod rhywbeth yn bod.

Pan lwyddon ni i gael ein beiciau o'r iard, weles i Jamie ar ben ein stryd ni.

"Darren, dwed wrtho fe bod rhaid i ni gasglu rhywbeth i Mam. Ma isie cael 'i wared e."

"Mae'n dod gyda ni."

"Beth? Ti 'di dweud wrtho fe?"

"Neith e helpu, Gemma."

"Iawn," atebais yn gyndyn. "Gallwch chi'ch dau helpu."

"Lysh!"

"Os allwch chi gadw lan."

Dechreuais mewn gêr isel er mwyn cyflymu'n raddol, a deg eiliad yn ddiweddarach roedden nhw'n fach, fach yn y pellter y tu ôl i fi. Os oedd Darren yn mynd i agor ei geg fawr, o'dd e'n mynd i gael ei haeddiant. Gwthiais i fyny allt Craig-y-nos yn galetach nag erioed. Doeddwn i ddim eisiau siomi Kate. Roeddwn wedi trefnu i gyfarfod â hi wrth y giât ar ben pella'r cae, lle roedd y gwartheg yn pori.

Ro'n i'n gynnar. Sefais yna ar fy mhen fy hun, yr anadl yn dod allan o fy ngheg fel stêm o drên. Roedd hi'n dawel; y math yna o dawelwch nad ydych yn ei gael yn aml, fel y tro hwnnw y gorweddais yng nghanol y ffordd. Dim ceir, dim byd, dim ond aderyn yn canu fel pe bai mewn cystadleuaeth. Roedd yn hyfryd. Yna meddyliais am Dad yn ei gell.

"Twpsyn," dywedais yn uchel.

Clywais sŵn brefu.

"Dewch," clywais Kate yn gweiddi. "Dewch mlân!"

Gwelais y gwartheg, a gwelais Kate yn marchogaeth un ohonyn nhw. Roedd hi wir yn edrych fel merch wyllt. Chwarddais. Fe welodd hi fi a gwenu, ond roeddwn yn gwybod ei bod hi'n nerfus hefyd. Daeth

130

hi oddi ar y fuwch, agor y giât a chamu i'r lôn.

"Mae'n dawel," dywedais.

Edrychodd Kate o'i chwmpas. "Ma nhw wedi ca'l 'u godro a'u bwydo. Wna i arwain a dilyna di yn y cefn."

"Beth sy rhaid i fi neud?"

"Dim. Jyst cadw nhw rhag stopio."

"Beth os wnawn nhw droi rownd?"

"Newn nhw ddim. Efallai y cawn nhw eu temtio gan y gwair ar ochr y lôn ond fe ddilynan nhw'i gilydd. Pan fydda i'n oedi yn y blaen fyddan nhw gyd yn stopio. Pan weli di ni'n symud i ffwrdd, clapia dy ddwylo a gweiddi 'Dewch mlân', a byddan nhw'n symud."

O'n i eisiau gofyn, "Beth os na symudan nhw?" ond o'n i'n gwbod na fyddai hynny'n help.

Edrychodd Kate i fyny a lawr y lôn. "Ocê. Bant â ni."

Aeth hi 'nôl i'r cae a dechreuodd fy nghalon i guro.

"Dewch mlân!" gwaeddodd.

Dechreuon nhw ddod allan i'r lôn gan edrych yn syn arna i. Dilynodd bob un ei gilydd oni bai am un a drodd tuag ata i. "Cer mlân!" dywedais mewn llais bach. "Cer!" Curais fy nwylo. Dim byd. Syllodd y fuwch arna i, yna brefu. O'n i mor ofnus.

"Cer!"

Brefodd hi eto, fel pe bai'n dweud, "Pam ddylen i wrando arnat ti?"

Daeth y fuwch olaf o'r cae a chaeodd Kate y giât. "Rachel yw honna." Mae hi mor styfnig. Gwaedda arni fel ti'n gweiddi ar dy frawd."

"Rachel," dywedais. "Cer!"

"Dim fel 'na ti'n siarad gyda dy frawd."

Syllodd y fuwch arna i ac es i'n grac.

"CER MLÂN! CER!"

Trodd hi ac ymuno â'r lleill.

"'Na'r ffordd," meddai Kate.

Cerddodd drwy 'u canol. "Dewch, ferched!" gwaeddodd, a dechreuon nhw i gyd symud lawr y lôn. Dilynais, gan edrych ar benolau'r tair buwch olaf. Bob hyn a hyn byddwn i'n gweiddi, "Cer!" neu "Cer mlân!" achos o'dd e'n neud i fi deimlo mod i'n debyg i Kate.

Do'dd hi ddim yn hir cyn i Kate weiddi. "Dod at groesffordd. Cadw nhw i symud!"

Daethon ni drwyddi'n iawn a mynd ymlaen, ond ar y groesffordd nesaf stopiodd car. Agorodd y gyrrwr y ffenest.

"Ble ti'n mynd â nhw, Kate?"

Arhosodd Kate yn ôl wrth i'r gwartheg barhau i gerdded. "Bach o ymarfer corff, Mr Jarvis."

"Ddylet ti ddim bod yn yr ysgol?"

"'Na ble wy'n mynd, mynd â rhein mewn i ddangos i'r plant." Cerddodd Kate yn ei blaen yn ddi-ffws.

132

Wrth i fi basio, meddai'r gyrrwr, "Ydy hi wir yn mynd â nhw i'r ysgol?"

"Ydy. Ddim i'r stafell ddosbarth. Bydde hwnna'n hurt, on' fydde fe?"

Stopion ni am hoe a dechreuodd y gwartheg gnoi gwair wrth ochr y lôn. Daeth Kate drwy 'u canol. "Iawn?"

"Ydw," atebais. "Mynd yn iawn, on'd yw e?"

Nodiodd.

Tynnais far o siocled allan o mhoced. Torrais e'n ei hanner a rhoi darn i Kate. "Ma siocled wastad yn blasu'n well pan ti wedi ei gadw fe," dywedais.

Cnodd Kate y siocled. "Ma nhw'n mwynhau," meddai, wrth roi mwythau i'r fuwch agosaf.

"Pa un yw honna?"

"Donna. Bach yn araf – mae'n cael ofn yn hawdd. Dw i'n ei rhoi hi i Geraint."

Neis, meddyliais.

Yn sydyn, clywon ni sŵn corn car. Edrychodd Kate arna i. "Os taw Dad yw hwnna, mae popeth drosodd." Aeth ymlaen a dilynais, er bod rhaid i fi wthio drwy ganol y gwartheg.

"Kate, beth sy'n digwydd?" meddai'r gyrrwr.

"Daethon nhw mas o'r cae, Mr Conway. Bois o'r Mawr, ni'n credu. Ond os ewch chi 'nôl gaf i nhw heibio i chi."

"Ond mae angen i chi fynd ffordd arall," meddai gan bwyntio y tu ôl iddo.

"Does dim lle i basio," meddai Kate. "Ewch chi 'nôl ac fe ewn ni heibio."

"Caredig iawn." Rifyrsiodd y car.

"O'dd hwnna'n agos," meddai hi wrtha i. "Cadwa nhw i symud."

Ar ôl i ni basio'r gyrrwr, chwifiodd e arnon ni a gyrru mlaen.

Yn fuan ar ôl hynny roedden ni ar bont y draffordd, a dyna lle roedd Darren a Jamie yn aros amdanon ni.

DAU DDEG CHWECH

"Beth chi'n neud fan hyn?"

"Aros amdanoch chi!"

"Dylech chi fod yn yr ysgol."

"A ti," meddai Darren. "Est ti hebddon ni."

"Dylech chi fod wedi cadw lan 'da ni."

Dechreuon ni ddadlau.

"Byddwch yn dawel!" meddai Kate. "Mae un ar ddeg o wartheg gyda ni i fynd i'r Bryn Mawr. Mae cae dros y bont hon. Gallan nhw bori fanna ac yna fe gymerwn ni gwpwl ar y tro ar y Mawr. Gallwch chi naill ai helpu neu fynd."

Nodiodd Darren a Jamie.

"Reit. Awn ni."

"I-ha!" gwaeddodd Darren wrth i ni ddechrau cerdded dros y bont.

Es i i'r cefn gyda Darren a Jamie bob ochr a Kate yn y blaen.

Roedd hi'n ddoniol gweld y ceir i gyd yn gyrru ar wib tuag at Abertawe, neu'r ffordd arall tuag at Lundain, ac un ar ddeg o wartheg yn cerdded yn araf dros y draffordd yn uchel uwch eu pennau, fel pe baen nhw'n dweud, "Beth yw'r brys?"

Roedd hi'n rhyddhad eu cael nhw ar y cae. Roedd y gwair wedi tyfu'n wyllt ac roedd hen gar wedi ei losgi a'i adael yn y canol, ond roedd y gwartheg yn llwgu a dechreuon nhw fwyta'n syth. Gwylion ni nhw am sbel.

"Licen i fod ar gefn geffyl," meddai Darren.

Edrychodd Kate ar ei wats. "Reit, nawn ni eu rhoi nhw ar dennyn a mynd â nhw lawr mewn dau drip. Mae angen i un ohonoch chi aros fan hyn – dw i ddim eisiau iddyn nhw gael niwed ar unrhyw bethau miniog. Darren, arhosa i fi. Ti'n gyfrifol am chwe buwch. Ti'n credu galli di ddod i ben?"

Nodiodd.

"Iawn. Awn ni â Rachel, Connie, Megan, Suzie a Bess yn gynta."

Cafodd y pump eu rhoi ar dennyn. Cafodd Jamie Megan. Ges i Connie a Bess. Roedden nhw'n cnoi gwair a bob hyn a hyn yn codi eu pennau mawr ac yn syllu arna i. Siaradais â nhw er mwyn teimlo'n llai nerfus.

"Byddwn ni'n mynd cyn hir – off i'ch cartrefi newydd chi."

"Bydda'n gadarn gyda nhw," meddai Kate. "Darren, jyst gwna'n siŵr bod y lleill ddim yn mynd yn agos at y car yna, a gwiria'r llawr am unrhyw fetel a phethau allai eu brifo nhw."

"Reit," meddai wrth iddo ddechrau edrych o'i gwmpas. Roedd e wrth ei fodd. Sylweddolais mai hwn oedd y peth cynta roedden ni'n ei wneud gyda'n gilydd heb gael ein gorfodi. Cofiais am y tro ger y rhaeadr. Syllodd e arna i fel petai wedi darllen fy meddyliau.

"Gwylia fy meic i, Darren," dywedais.

"Ocê."

"Dewch," meddai Kate. "Anogwch nhw ac fe ddilynan nhw."

Aethon ni yn ein blaenau. Wedi i ni gyrraedd yr heol fe welon ni gefn y stryd fawr o'n blaenau ni a phobl yn cerdded. Roeddwn yn nerfus ond fe gariodd Kate yn ei blaen.

Roedd rhaid i geir aros i fynd o'n cwmpas ni ond doedd dim ots gan unrhyw un. Meddyliais am Mam yn y gwaith – beth pe byddem yn troi cornel a dyna lle fyddai hi. Dychmygais ei hwyneb yn grychiadau o ddicter.

"Cadwa nhw'n dynn i'r ochr," meddai Kate.

Rhoddais y gorau i freuddwydio. Roedd fy nghalon yn curo'n sydyn. Rywsut o'n i'n disgwyl gweld car heddlu o'n blaenau unrhyw eiliad, a llais yn dweud, "Ni'n eich arestio chi am fynd â gwartheg mewn i'r dref."

Doedd dim yn poeni Kate. Pan ddechreuon ni basio pobl, byddai hi'n eu cydnabod drwy nodio. Edrychais ar Connie a Bess, eu pennau'n mynd i fyny a lawr wrth gerdded. Doedden nhw ddim yn frawychus o gwbl. Roeddwn mor wirion o fod wedi credu hynny. Teimlais yn gyffrous drostyn nhw, yn dianc o'r lladd-dy ac yn mynd i gartrefi newydd.

Daethon ni at groesffordd gyda goleuadau traffig. Gwasgodd Kate y botwm ac arhoson ni. Safodd dwy hen fenyw gyda ni. Ni a phum buwch. Trodd un ohonyn nhw at Kate a dweud, "Ydy'r rhain ar gyfer y Bryn Mawr?"

"Ydyn," meddai Kate.

Roedden nhw'n gwybod yn barod. Roedd y si ar led – doedd dim syndod am hynny. Gwenodd y fenyw. "Mae fy nghymydog, Mrs Evans, yn cael buwch. Neith hi ofalu amdani'n iawn. Wedodd hi y bydde hi'n gadael i fi ga'l peth o'r llaeth bob hyn a hyn."

"Sdim byd fel llaeth ffres gan fuwch," meddai'r fenyw arall.

Trodd y goleuadau a dechreuodd pawb groesi. "Dewch ferched," dywedais, ac fe groeson ni fel petaen ni'n croesi'r stryd fawr bob dydd gyda phump o wartheg.

"Ble ti'n mynd â nhw?" gofynnodd un dyn, oedd yn croesi o'r ochr arall.

"Adre," atebodd Kate.

Roedden ni wedi pasio darn prysura'r dref a bellach redden ni ar stad y Mawr.

Megan oedd y fuwch gynta ac roedd hi'n mynd at Mr Llewellyn. "Croeso, Megan," meddai pan gyrhaeddon ni. "Dw i wedi adeiladu cwt iddi – twlc buwch, allech chi ddweud," chwarddodd.

"Digon o wair – mae 'na'n beth da," meddai Kate. "Bydd dim angen ei godro hi eto tan heno. Unrhyw broblemau, ffoniwch Lilly ac fe gysylltith hi â fi."

"Iawn."

Yn sydyn roedd Kate yn edrych yn ansicr. "Wel … mae angen i ni fynd â'r lleill nawr."

Chwifiodd Mr Llewellyn arnon ni wrth i ni fynd yn ein blaenau.

"Well iddo fe edrych ar ei hôl hi," meddwn i, achos dyna beth roeddwn i'n credu roedd Kate yn meddwl.

Cyn hir fe gyrhaeddon ni dŷ Mr a Mrs Evans.

"Wela i ti, Bess," dywedais wrth ei rhoi hi iddyn nhw.

"Helô, Bess cariad," meddai Mrs Evans yn hapus, ond roedd Mr Evans yn edrych yn flin.

"Mae hyn yn wallgo," meddai.

"Peidiwch â gwrando arno fe," meddai hi wrthon ni.

"Ond dyw e ddim yn gyfreithlon," meddai.

"Fi bia nhw," meddai Kate. "Dw i'n eu rhoi nhw i chi dros dro. Os oes problem ..."

"O na, does dim problem, cariad," meddai Mrs Evans. Syllodd ar ei gŵr. "Fe gytunest di, Ron. Dw i eisiau'r fuwch 'ma ac mae hi'n aros. Dw i wedi godde dy smygu di, dy gwrw a dy fetio. Ti'n mynd i dderbyn y fuwch 'ma neu fe elli di wneud dy goginio a dy lanhau dy hunan. Deall?"

"Iawn," meddai dan ei anadl. Dyna'i roi fe yn ei le.

Aethon ni â Connie at Maria Bracchi. Roedd hi'n arfer perchen ar gaffi ar y stryd fawr. Eidales yw hi.

"O, *che bella*," meddai hi.

"Ei henw yw Connie," dywedais.

"Na, *bella* – mae'n golygu 'pert' yn Eidaleg. Oes angen ei godro hi 'to?"

"Dim tan heno," meddai Kate. "Fydda i 'nôl wedyn i ddangos i chi beth i'w wneud."

"O, fydda i'n iawn. Weithies i ar fferm yn yr Eidal pan oeddwn i dy oed di, a ta beth, ges i bach o bractis ar fuwch Lilly."

Gadawon ni Rachel gyda Mrs Oleski. Roedd hi'n dod o Wlad Pwyl, roedd ganddi gwpwl o blant ac yn pobi ei bara ei hun, yn ôl Kate.

Yn olaf fe adawon ni Suzie gyda Mr a Mrs Choudary. Roedd e'n gyfrifydd ac roedd hi'n gwneud dillad. Roedd eu mab a'u merch nhw yn yr ysgol gyda ni.

"Ni'n gweithio o'r tŷ, felly bydd hi wastad yn gwmni."

Roedden nhw i'w gweld yn bobl neis. Yna safon ni yn y stryd, yn waglaw.

"Dyna ni," meddai Kate. "Mae'r gweddill ar gyfer y teras." Edrychodd ar ei wats. "Ac ry'n ni'n dal o fewn amser, ond bydd yr ysgol wedi cau am ginio mewn hanner awr felly well i ni aros tan eu bod yn mynd 'nôl."

Ffoniodd Kate Mam-gu i ddweud wrthi wrth i ni fynd yn ôl at y cae. Roedd rhan ohona i'n disgwyl i weddill y gwartheg fod wedi mynd erbyn i ni gyrraedd yna, ond roedd Darren yn gwylio drostyn nhw fel bugail.

Trodd Kate at Jamie. "Reit, gwranda di. Diolch am dy help ond dw i eisiau i ti fynd 'nôl i'r ysgol."

"Beth?"

"Mae gormod ohonon ni 'ma. Fyddwn ni'n tynnu sylw. Cer 'nôl. Gallwn ni ofalu am y chwech hyn, y tri ohonon ni."

"Ond!"

"Cer!" meddai.

Casglodd Jamie ei feic a mynd heb ddweud gair.

Roedd hi fel pe bai gan Kate bŵer dros bobl. Eisteddodd ar y gwair a phwyso yn erbyn coeden. Ochneidiodd. Roedd rhywbeth yn bod.

Dau ddeg
Saith

Eisteddais wrth ochr Kate, er bod y gwair yn wlyb. "Mae'n mynd yn dda," dywedais.

"Ond dyw e ddim yn gyfrinach! O'dd y menywod yna wrth y groesffordd yn gwybod popeth."

"Oedden," dywedais. "Unwaith ma un person yn y lle 'ma'n gwbod ..."

Mwythodd Kate ben un o'r gwartheg oedd wrth eich ymyl wrth iddo fwyta'r gwair. "Roedd y Mr Evans yna yn iawn," meddai "Mae e *yn* syniad gwallgo."

Edrychais ar Darren, oedd gydag un o'r gwartheg ar ochr arall y cae. Doedden ni ddim yn dadlau gymaint nawr, ac roedd e'n helpu. Roeddwn yn teimlo'n wahanol hefyd, ac roedd hynny yn bennaf oherwydd dylanwad Kate a'r gwartheg, ond nawr roedd hi fel petai hi'n difaru'r holl beth.

"Ond byddwn ni'n eu hachub nhw rhag cael eu lladd. Wedest di dy hunan y gallen nhw fyw am flynyddoedd 'to. Ac oni bai am Mostyn ..."

Tynnodd ar ddarnau o wair a dweud dim.

"Pa un yw hon?" gofynnais, gan bwyntio at y fuwch o'n blaenau ni.

"Rhiannon."

"Ble mae hi'n mynd?"

"At Roger."

Cododd Rhiannon ei phen anferth a chrychu ei thrwyn.

"Druan â ti, Rhiannon." Roedd ei thrwyn yn wlyb a daeth ei hanadl o'i cheg fel pe bai'n ochneidio ac yn cytuno â mi. Tynnais lond dwrn o wair a'i gynnig iddi. Cydiodd ei thafod mawr, llithrig yn fy llaw wrth iddi ei gymryd.

"Bydd Dad mor grac," meddai Kate.

"Ond mae e'n dweud nad yw'r gwartheg yn dod ag unrhyw arian."

"Bydd e dal yn grac pan welith e bod nhw i gyd wedi mynd, a neith e ddim cymryd yn hir iddo fe glywed ble ma nhw."

"Gallwn ni gadw'r gyfrinach ar y Mawr os oes

angen." Roedd ansicrwydd Kate yn gwneud i mi deimlo'n nerfus. "Beth am dy dad-cu? Beth ti'n meddwl y bydde fe wedi neud?

Cododd ei hysgwyddau. "Falle y bydde fe 'di cario mlân a falle y bydde fe wedi bod yn iawn. Falle bydde fe wedi ei wneud e'n waeth. Byddai dim wedi gallu stopio clwy'r traed a'r genau. Dw i'n cofio Tad-cu yn siarad am y peth. O'n i'n fabi bryd hynny. Nath y ffermwyr ddim colli'r gwartheg yn unig, gollon nhw'r holl laeth y gallai'r gwartheg 'nny fod wedi ei roi pe bydden nhw wedi cael byw – miloedd o litrau. Felly pan ddaeth y clwy eto, ar ôl iddo farw, o'n i'n gwbod beth o'dd o'n blaenau ni. Dim bai Dad o'dd e, ond o'n i'n grac achos o'n i'n meddwl nad oedd ots 'da fe."

"Ddim ots bod y gwartheg yn ca'l eu lladd?"

Nodiodd hi. "Anfonon nhw fi bant, tra bod popeth yn ca'l ei sortio. O'n i mor grac …"

Roedd hi'n syllu o'i blaen fel pe bai hi'n ail-fyw'r cyfan eto.

"Doeddwn i ddim eisiau mynd i dŷ fy anti yn Sir Fynwy. O'n i'n teimlo mod i'n cefnu ar y gwartheg pan o'n nhw fy angen i. O'dd rhaid i Dad afael yndda i wrth iddo fe drio agor y tryc. Ti dal yn gallu gweld y marc ble gicies i'r drws …"

Rhoddodd Rhiannon y gorau i gnoi, fel pe bai hi'n gwrando.

"Pan ddaethon nhw â fi 'nôl i'r fferm, o'dd y gwartheg 'di mynd. O'dd cylch mawr du yn y ddaear ble o'n nhw wedi ca'l 'u llosgi. O'n i'n gallu gwynto fe yn yr aer. Wedodd Dad taw fy nychymyg i o'dd e, ond do'dd 'nny ddim yn wir. O'dd e'n ddrewdod ofnadw o'dd yn pallu mynd. Weithie dw i'n ei wynto fe eto."

Eisteddon ni mewn tawelwch. Doeddwn i ddim yn gwybod beth i'w ddweud. Roedd hi fel pe bawn i'n tyfu ac yn dod yn fwy hyderus ac roedd Kate yn mynd yn llai. "Ma Dad yn neud 'i ore," meddai.

"Ma nhad i yn y jael," dywedais yn gyflym.

Nodiodd, fel tase hi'n clywed pobl yn dweud hynny bob dydd.

Meddyliais am y rhaeadr, a Dad yn dangos i ni sut i sefyll ar ein dwylo. Gwelais ei wên yn llawn direidi.

"O'dd e'n arfer mynd â ni ar dripie." Swniai hyn fel tasen ni'n mynd bob penwythnos, ond y cwbl o'n i eisiau ei wneud oedd gwneud i ni swnio fel teulu normal. "Aeth e â ni i weld rhaeadr," dywedais. "Wyt ti'n gwbod ble mae hi?"

Edrychais arni yn obeithiol.

"Rhaeadr?"

"Ie. Yn yr ardal hon yn rhywle, a ma cae a choeden fawr."

Doedd hi ddim yn ymateb.

"Sut alla i ddod o hyd iddi?"

Cododd ei hysgwyddau. "Ordnance Survey?"

"Beth yw hwnnw?"

"Map."

"Ond dw i ddim yn gwbod ble ma'r lle."

"Wedest di fod afon a phistyll, a bod e ddim yn bell o fan hyn."

"Ie."

"Wel, ma popeth fel brynie ac afonydd wedi cael eu marcio ar fapie Ordnance Survey – dylet ti allu dyfalu ble mae e."

"Ble gaf i'r map hyn?"

"Ma rhai gyda ni."

"Nei di ..." Do'n i ddim eisiau iddi ddweud na. "Nei di helpu fi?"

"Iawn."

Doeddwn i ddim yn gallu edrych arni, gan fy mod i'n gallu teimlo dagrau yn cronni yn fy llygaid. "Diolch."

"Ydy dy dad yn y jael am sbel?"

"Fydd e mas mis nesa."

Meddyliais amdano gyda'i wallt mewn cynffon yn eistedd gyferbyn â ni. "Twpsyn," dywedais dan fy anadl. "Ma mrawd i'n meddwl ei fod e'n grêt. Arwr." Edrychais draw at Darren, oedd yn esgus gyrru'r car oedd wedi llosgi. "Ma bechgyn yn dwp."

"Dyw teirw ddim hanner mor neis â da, na mor

ddefnyddiol," meddai Kate. "Ma bustach yn beryglus a tharw'n beryglus a ti ddim yn gwbod beth wnawn nhw nesa."

"Beth yw'r gwahaniaeth rhwng bustach a tharw?"

"Ma bustach wedi ca'l ei ddarne preifat wedi eu torri bant."

"Ych! Pam?"

"Fel eu bod nhw'n haws i'w rheoli. Wedyn ma nhw'n ca'l eu magu am eu cig – eu lladd ar ôl cwpwl o flynydde."

Gwenais yn dawel. "Aros tan i fi ddweud wrth Darren."

"Credu bo well i ni fynd â nhw 'nôl," meddai Kate. Edrychais ar fy wats. "Bach yn gynnar."

"Na. Dw i'n meddwl lan i'r fferm."

"Beth?"

Cyn i Kate allu dweud unrhyw beth arall, fe glywais i, "GEMMA!"

DAU DDEG WYTH

Roedd Darren yn pwyntio tuag at y giât. Roedd Jamie yn sefyll yn y ffordd gyda chriw o blant o'r ysgol. Roedd tua ugain ohonyn nhw, a phob un yn edrych ar y gwartheg. Cododd Kate a fi a mynd draw.

"Pam ddest di â *nhw*?" gofynnodd Darren i Jamie wrth iddo redeg aton ni.

"Ma nhw eisiau helpu," atebodd.

"Bydd yr holl beth wedi ca'l 'i ddifetha," dywedais.

"O'n nhw'n gwbod ta beth," meddai Jamie. Pwyntiodd at fachgen. "Dyna Johnny Bracchi – ma'i fam-gu e wedi ca'l un o'r gwartheg …" Pwyntiodd at un arall. "A dyna Chloe Llewellyn."

148

O'n i'n adnabod y ferch oedd wedi dod i dŷ Mamgu i weld Jane.

"Ac es i ag un lawr bore 'ma," meddai Jamie wrth y plant. "Ar dennyn fel ci anferth." Gwenodd.

Aeth llygaid Kate yn fach, fel petai hi'n mynd i weiddi.

"Wyt ti dal eisiau mynd â nhw 'nôl lan i'r fferm?" gofynnais.

Brefodd un o'r gwartheg, fel pe bai hi'n dweud "NAAA!"

Edrychodd Kate ar y plant. "Ocê," meddai. "Do's dim llawer o amser gyda ni. Awn ni â nhw allan ar yr heol a gallwch chi ein helpu ni i fynd â nhw lawr …" Roedd sŵn cyffro. "Ond peidiwch symud yn gyflym, ac unwaith gewn ni nhw at eu perchnogion ma rhaid i chi gyd fynd 'nôl i'r ysgol fel tase dim byd wedi digwydd." Nodiodd pawb. "Os neith unrhyw un ofyn, chi'n gwbod dim."

Wnaeth Kate, Darren a fi arwain y gwartheg ar yr heol ac aeth rhai plant â'n beiciau ni. Pan welon nhw'r gwartheg yn agos trodd rhai ohonyn nhw 'nôl fel tasen nhw'n gweld deinasors yn y cnawd.

Gyrhaeddon ni'r stryd fawr a dros y lle croesi'n iawn, ond wrth i ni gyrraedd stad y Mawr daeth car heddlu rownd y gornel a stopio. Agorodd y ffenest.

"Ble chi lot yn mynd gyda rheina?" gofynnodd yr heddwas.

"Mynd â nhw i gomin Mawr ar gyfer prosiect ysgol," meddai Kate yn hamddenol.

"Lot o waith ar gyfer prosiect ysgol. A chwe buwch?"

"Dau ddosbarth. Galle un fuwch fynd yn nerfus gyda lot o blant o'i chwmpas hi."

Edrychodd yr heddwas ar yr heddwas arall. "Pan o'n i yn yr ysgol o'dd rhaid i fochyn cwta neud y tro." Edrychodd yn ôl arnon ni ond roedd ei wên wedi mynd. "Nag y'ch chi fod i ddweud wrth Defra os ydych yn symud gwartheg?"

"Dim ond os yw e'n barhaol," meddai Kate. "Byddwn ni'n mynd â nhw 'nôl yn syth."

"Ma pedwar bola gyda buwch," gwaeddodd Darren. "Ti'n rhoi gwair yn un pen ac mae llaeth yn dod mas y pen arall – llaeth i dy *cornflakes* di."

"Ma hwnna 'di rhoi fi off y mrecwast," meddai'r heddwas gan wenu. "Bant â chi 'te. Dw i ddim eisiau clywed am unrhyw wartheg yn crwydro ar yr hewl, ocê?"

"Iawn, syr." Aeth y car.

"O'dd hwnna'n agos," meddai Kate.

Ffoniais i Mam-gu i ddweud ein bod ar y ffordd ac wrth i ni droi mewn i'r teras, roedd pawb yn aros amdanon ni.

"Pam ti 'di dod â rhein i gyd?" meddai Roger, gan bwyntio at y plant.

"O'n ni'n methu stopio nhw ddod, Roger. Ma nhw 'ma nawr."

Stopiodd Kate yn nhŷ Geraint gynta. Rhoddodd hi'r tennyn iddo. "Geraint," meddai. "Dyma Donna."

"Mae'n nerfus," meddai. "Fel fi."

"Ma nhw i gyd, Geraint – ma popeth yn newydd iddyn nhw."

"Ma gwair a blode gwyllt 'da fi iddi."

Sylwais ar ei wallt yn chwythu yn yr awel. Roedd wedi ymolchi ac roedd yn gwisgo dillad glân. "Dere di," meddai'n dyner wrth arwain Donna i'w iard gefn.

"Fy un i nesa plis?" meddai Roger.

"Rhiannon, dyma Roger," meddai Kate wrth y fuwch. "Mae e bach yn swnllyd ond mae e'n iawn."

"Oi." Cymerodd olwg ar Rhiannon. "Dyw hi ddim mor fawr â Jane."

"Dim y maint sy'n bwysig," meddai Mam-gu, gan wylio gyda'i breichiau ynghlwm.

Daeth y lleill ymlaen i gwrdd â'u gwartheg. Cafodd Peggy ei rhoi i Mr Banerjee. Rhoddodd ei ddwylo at ei gilydd a'u codi i'r awyr. "Dw i wedi fy mendithio."

Cafodd Maisy ei rhoi i Mave Rubens; hi oedd yr un oedd wedi cael y lladrad.

"O, dw i'n crynu," meddai. "Beth os na wnaiff hi gymryd ata i?"

"Os ofali di amdani hi," meddai Mam-gu, "fe wnaiff hi ofalu amdanat ti."

Cafodd Cathy ei rhoi i Polly. "Mae dwy gath a buwch 'da fi nawr," meddai. "Gobeithio down nhw mlân â'i gilydd."

Aeth yr un olaf, Sophia, i Tony a Tracey Hughes ar ddiwedd y teras. Roedden nhw'n ddi-waith ac roedd babi bach gyda nhw.

"Paid disgwyl i fi lanhau ar ei hôl hi, Tone," meddai Tracey. "Mae 'da fi ddigon ar 'y mhlât yn gofalu ar ôl Candice." Roedd y babi yn sgrechian, ond pan welodd hi'r fuwch stopiodd hi grio a gwenodd.

Dyna hi. Roedd yr holl warheg wedi eu cludo at eu gofalwyr.

"Reit 'te chi," meddai Mam-gu wrth y plant. "Dw i eisiau i chi fynd 'nôl i'r ysgol yn syth."

"Ond Mam-gu!" meddai Darren.

"Dim dadlau. Dy'n ni ddim eisiau tynnu sylw at y stad. Allwch chi ddod 'nôl ar ôl ysgol."

Ddywedodd Kate braidd dim wrth i ni fynd. Roedd e'n rhyfedd, ond yn y cae roedd hi'n mynd i newid ei meddwl am yr holl beth ond yna daeth yr holl blant draw. Sylweddolais fod angen cefnogaeth hyd yn oed ar Kate. Roedd hi ein hangen ni, nawr roedd y gwartheg ar y Bryn Mawr ac yn ddiogel yn eu cartrefi newydd. Roedd e'n hurt a dweud y gwir – hollol hurt ond yn ardderchog.

DAU DDEG NAW

Roedd Mam yn dawel y noson honno wrth i ni eistedd wrth y bwrdd. Wnaeth hi ddim codi stŵr mod i ddim eisiau cyw iâr a rhoddodd hi lwmp arall o dato potsh i fi. Roedd Darren yn dawel. Roeddwn i'n dawel. Roedd Mam yn dawel.

"Diwrnod da yn yr ysgol?" Roedd rhywbeth am y ffordd y gofynnodd hi wnaeth i mi eistedd i fyny.

"Ddim yn ddrwg," dywedais. Nodiodd Darren hefyd.

"'Na ryfedd. Achos ffoniodd yr ysgol i ofyn lle roedd y ddau ohonoch chi. 'Dylen nhw fod yna,' ddywedes i. 'Wel, dy'n nhw ddim yma,' ddywedon nhw ..."

Crynais.

"O'n i'n cofio pa mor dawel oedd y ddau ohonoch chi bore 'ma. Ddylen i alw'r heddlu? meddylies i. Ond yna daeth Billy Jones mewn ar gyfer y shifft hwyr yn y gwaith a dweud, 'Newydd weld Gemma chi yn mynd â gwartheg ar draws y stryd fawr.' Dim un fuwch, ond gwartheg. So es i i'r Mawr yn fy egwyl i a weles i ti gyda'r ferch Kate yna a tair buwch. O'dd Jamie Thorpe gyda chi 'fyd so nes i ddyfalu bod Darren yn rhywle arall."

Syllais ar Darren, oedd yn gegrwth.

"Ie, ma'ch mam yn real Miss Marple. Nawr gwedwch wrtha i, oeddech chi wir yn credu y gallech chi fynd â gyr o dda trwy'r dre heb i fi wbod am y peth? Achos os oeddech chi, ma rhaid eich bod chi'n meddwl mod i'n hollol dwp!" Cododd. Ro'dd hi'n gandryll.

"Wedes i nad o'n i eisiau i'ch mam-gu ga'l anifail arall, cofio? Wedyn ma'r fuwch 'na'n troi lan a dw i'n dweud wrthi mod i ddim yn hapus, rhwng y straen a'r holl gostau ychwanegol a phopeth. Ond ma pawb yn dweud wrtha i ei fod e'n iawn achos taw buwch sydd ganddi a ma hi'n ddefnyddiol. Wedyn y peth nesa sy'n digwydd yw bo chi'n helpu mynd ag un ar ddeg arall lawr 'ma. UN AR DDEG!"

"Ond dy'n nhw ddim i gyd yn nhŷ Mam-gu, Mam," dywedais.

"Nid dyna'r pwynt. A ti!" meddai wrth Darren. "Wedi closio at dy chwaer di nawr, wyt ti?"

"Beth ti'n meddwl?"

O'n i'n gwbod yn iawn beth oedd hi'n ei feddwl – o'dd hi'n grac bod Darren yn rhan o hyn.

"Mam, dyw e ddim fel se ni wedi dod â buwch fan hyn. Ma nhw gyda phobl erill."

"Ond nest di ddim dweud wrtha i. 'O Mam, ti'n meindio os dw i'n mynd â gwartheg lawr i stad y Mawr fory?' Na. Est di tu ôl i nghefn i. Sut chi'n meddwl ma hynna'n neud i fi deimlo? Fy mam a fy merch yn cydweithio!"

"Beth yw cydweithio?" meddai Darren.

"Ma fe'n beth mor dwp i'w neud. Pa mor hir chi'n meddwl allwch chi gadw un ar ddeg o dda yn gyfrinach?"

"Deuddeg," meddai Darren.

Edrychodd Mam arno yn gas.

"Ond fe gawn nhw eu lladd."

"Wir? A faint o wartheg chi'n credu sydd wedi cael eu lladd cyn i chi'ch dau gael eich geni?"

"Lot."

"Lot. Reit, beth sy'n neud y rhain mor arbennig?"

"Mam, ma nhw'n grêt," meddai Darren. "Paid dweud pethe cas amdanyn nhw. Ma nhw'n anferth, yn ddefnyddiol ac yn dda."

"Sdim ots 'da fi am wartheg, Darren, ond ma ots 'da fi am fagu chi. Talu bilie a chal bwyd ar y bwrdd, neud yn siŵr bod dillad amdanoch chi a … mae Robbie 'nôl cyn hir ... y twpsyn ..." Dechreuodd hi grio. "Dw i wedi ca'l llond bola!"

Gwenodd Darren. Gwgais arno. "Sori, Mam," dywedais. "Nethon ni ddim neud e tu ôl i dy gefn di ar bwrpas. Nethon ni ddim meddwl."

Cyffyrddais â'i braich hi.

"Ti'n sylweddoli mod i yn y tŷ bob nos?" meddai. "Tri chant chwe deg pum diwrnod y flwyddyn? Bob nos!"

O'n i erioed wedi meddwl amdano o'r blaen. Roedd e'n wir.

"Chi'n darllen yn y papurau am fenywod sy'n gadael eu plant ifanc gartre ar eu pen eu hunain …" Cyffyrddodd ei brest. "Dw i'n deall pam ma nhw'n neud e, ond dw i ddim yn neud e, a bydden i byth."

"Ond Mam," dywedes i, "fydden ni'n mynd i dŷ Mam-gu os byddet ti'n ffansïo noson bingo."

"Ie, yn enwedig bod y fuwch 'na nawr."

Roedd hi'n edrych arna i gyda dagrau yn eu llygaid. "Mae'r fuwch 'na'n cael mwy o …"

O'n i'n siŵr ei bod yn genfigennus o Jane. Yn genfigennus o fuwch. Trodd a cherdded mewn i'r gegin, ac yna trodd aton ni. "Fory chi'ch dau yn yr ysgol drwy'r dydd. Deall?"

Nodiais.

"Addo?"

"Addo, Mam," dywedais i a Darren.

"Ac os gewch chi unrhyw syniadau mawr, fel agor sw, chi'n gofyn i fi gynta. Reit?"

"Reit."

Aeth hi mewn i'r gegin.

"Mam," meddai Darren. "os bydde buwch sbâr ..."

"NA!"

Gorweddais yn y gwely y noson honno yn meddwl am bopeth oedd wedi digwydd. Clywais sŵn brefu yn y pellter. Roedd e'n sŵn hyfryd, fel pe bawn i yng nghefn gwlad, ac nid ar stad swnllyd a hyll y Mawr. Yna daeth sŵn brefu o gyfeiriad gwahanol. Dychmygais fod y gwartheg yn siarad.

"*Mae'n dda fan hyn.*"

"*Ydy, gwell na mewn cae gwlyb a gwyntog.*"

"*O ydy, lot gwell.*"

Es i i gysgu a breuddwydio am wartheg. Roedden nhw'n rhedeg, yn dianc. Roedd yr holl wartheg yn yr holl gaeau dros y wlad yn brefu ar ei gilydd ac yn dweud, "*Pam ddylen ni aros yn y cae hwn? Fyddan nhw'n mynd â'n lloi ni, byddan nhw'n mynd â'n llaeth ni ac yna fyddan nhw'n ein bwyta ni.*"

"*Ni'n dwp.*"

"*So fe'n deg!*"

"*Na, dewch. Awn ni. Y cwbl sydd eisiau arnon ni yw gwair, dim byd arall. Dewch!*"

Ac fe aethon nhw gyda'i gilydd mewn undod, a thorri drwy'r gatiau oren a'r perthi. Roedd y gwartheg gwrthryfelgar yn rhydd, yn rhydd i gadw eu llaeth er mwyn eu plant ac yn rhydd i fyw tan eu bod yn hen.

"DEWCH FERCHED, DEWCH!"

TRI DEG

Roedd pawb yn gwybod am y gwartheg yn yr ysgol – doedd dim syndod am hynny, wedi i'r holl blant helpu.

Daeth rhyw ferched ata i yn ystod yr egwyl. Doeddwn i ddim hyd yn oed yn gwybod pwy oedden nhw. "Ni'n mynd draw i dŷ Mrs Oleski amser cinio, i weld Rachel."

Dyna ryfedd – merch yn siarad gyda fi am fuwch fel tase hi'n rhywbeth arferol i wartheg fyw gyda phobl yn eu cartrefi. Yna daeth bechgyn draw – Simon Davies a David Moore – dy'n nhw ddim fel arfer yn siarad â fi. "Gemma, mae fy nhad eisiau gwybod a oes siawns iddo fe gael buwch?"

"Ddim ar hyn o bryd," dywedais, fel pe bawn i'n rhyw fath o werthwr gwartheg.

Mae'n debyg bod y ffreutur fwy neu lai yn wag yn ystod amser cinio, yn ogystal â'r ardal hamdden. Roedd athrawon yn crwydro, yn gofyn ble roedd y plant wedi mynd.

Doedd dim golwg o Kate, ac roedd ei ffôn wedi cael ei ddiffodd, felly es i i dŷ Mam-gu. Doeddwn i ddim wedi gweld lôn gefn y teras mor llawn o bobl. Roedd plant mewn ac allan o'r iardiau, yn gofyn cwestiynau ac eisiau bwydo'r gwartheg. Yn nhŷ Geraint, roedd y plant yn sefyll mewn grŵp yn syllu arno wrth iddo lenwi cafn yr oedd wedi ei adeiladu i Donna. Roedd wedi adeiladu cysgod hyfryd iddi hefyd.

"Ewch o 'ma!" gwaeddodd.

"Ni jyst eisiau gweld," meddai un ferch.

"Dyw edrych yn dda i ddim," atebodd. "Ewch i nôl bwyd iddi!"

Trodd y pedwar ohonyn nhw a mynd oddi yno fel robotiaid.

Pan gyrhaeddais dŷ Mam-gu roedd hi'n sefyll yno gyda'r plant o'i chwmpas, yn siarad â nhw fel athrawes. "Un ar y tro nawr," meddai. "Dw i ddim eisiau iddi gael ofn."

"Faint mae'n pwyso, ti'n meddwl?" gofynnodd un bachgen.

"Digon i dorri dy droed di os bydde hi'n sefyll arni."

"Dyw hi ddim wedi stopio bwyta."

"Wel, ma sawl bol 'da hi i'w lenwi," meddai Mam-gu.

"Pedwar!" gwaeddodd Darren wrthi iddo wthio drwy'r dorf yn cario bag bin. "Edrych, Mam-gu, gwair ffres oddi wrth y gofalwr. Ma lot mwy 'da fe hefyd."

"Daeth Kate draw," meddai Mam-gu wrtha i.

"Shwt o'dd hi?"

"O, o'dd hi mor wyn â'r galchen, Gemma. Ma hi'n ymladd gyda'i thad a dw i'n poeni ein bod ni wedi neud y peth anghywir. Beth ddaeth drostan ni'n dod â deuddeg buwch i'r Bryn Mawr, o bobman."

"Wel, ma nhw yma nawr, Mam-gu, ac edrych, mae pawb yn helpu i ofalu amdanyn nhw. Jyst meddwl amdanyn nhw'n ddarnau yn y bwtsiwr ar ôl i Mostyn ga'l 'i ffordd."

"O, Gemma!"

"Wel, mae'n wir."

Gwenodd hi arna i ac roeddwn yn gwybod ei bod hi'n cytuno. "Af i lan i'r fferm i'w gweld hi."

"Syniad da. O, adawodd hi fap i ti. Ma fe tu fewn."

Es i i'r tŷ. Roedd map ar y bwrdd – Ordnance Survey. Agorais i'r papur. Roedd e'n fawr ac yn dangos yr holl gwm. Sylwais fod Kate wedi tynnu cylchoedd gyda nodiadau bach lle roedd hi'n meddwl y gallai'r rhaeadr fod. Roedd hi wedi gwneud hyn i fi yng nghanol y cwbl oedd yn digwydd yn ei bywyd ei hun. Aeth y map yn aneglur wrth i ddagrau gronni yn fy llygaid.

Yn sydyn roedd Mam-gu wrth fy ochr i. "Ar gyfer beth mae'r map, Gemma?"

"Dim byd pwysig. Ysgol."

"Wedodd Darren wrtha i am dy fam – a pha mor grac oedd hi," meddai Mam-gu. "Wna i ffonio hi nes mlân a dweud wrthi bo chi ar neges i fi, a wna i wahodd hi i ginio. Dw i eisiau i ni fod yn ffrindiau."

Cofleidiais Mam-gu a rhedeg allan.

Cyn mynd i'r fferm o'n i eisiau gweld Karuna, felly es i i iard gefn Mr Banerjee. Roedd ei deulu yna – mae'n rhaid bod wyth neu naw ohonyn nhw. Gwelodd Mr Banerjee fi a gwenu.

"Ddof i rywbryd arall."

"Dere, plis," meddai. "Ni'n dathlu."

Roedd Peggy yn edrych yn hyfryd. Roedd ganddi flanced liwgar drosti a blodau yn ei gwallt.

"Des i draw i ddweud diolch wrth eich ŵyr am y ffliwt," dywedais braidd yn nerfus. "Dylwn i fod wedi dod draw cyn hyn, ond gyda phopeth sy'n digwydd ..."

"Dyw Karuna ddim yma," meddai. "Sut wyt ti'n dod ymlaen gyda'r ffliwt?"

"Dw i ddim yn dda iawn a bod yn onest. Mae'n anodd."

"Ond os wnei di barhau i ymarfer bydd adar yn dod at dy ffenest di i wrando." Trodd at ei deulu. "Dyma Gemma, ffrind i Karuna."

Ro'n i'n hoffi ei glywed yn dweud fy mod i'n ffrind. Gwenodd menyw arna i, merch Mr Banerjee, siŵr o fod. Roedd hi'n drawiadol iawn. "Mae'n anrheg garedig, hyd yn oed os yw hi'n anrheg dros dro."

"O ydy," dywedais. "Wna i ofalu am y ffliwt."

Roedd hi'n edrych yn ddryslyd. "Y fuwch o'n i'n meddwl."

"O," dywedais.

"Dywedodd fy mab i wrtha i amdanat ti," meddai gyda gwên." Sylweddolais mai hi oedd mam Karuna. Es i'n goch.

"Sut mae Peggy?" gofynnais.

"Iawn," meddai Mr Banerjee. "Ma calon aur gyda hi ac mae hi'n rhoi llawer o laeth i fi achos mae hi'n rhydd, fel un o wartheg India."

"Dw i ar fy ffordd i ffeindio Kate. Wna i ddweud wrthi fod Peggy wedi setlo'n dda."

"Paid anghofio dy wers ffliwt gyda Karuna."

"Wna i ddim." O'n i'n teimlo'n embaras ac eisiau dianc. "Hwyl."

164

TRI DEG UN

Roedd drws y tŷ fferm ar gau a doedd neb yn y sied odro. Ble allai Kate fod, tybed? Ar fy ffordd 'nôl pasiais y cae lle roedd y gwartheg yn arfer pori. Roedd y giât led y pen ar agor felly stopiais ac edrych mewn. Doedd neb yna. Ro'n i ar fin cau'r giât pan sylwais ar rywbeth ar y llawr.

"Kate!" gwaeddais.

Gadewais fy meic i gwympo a rhedais. Roedd ei rhieni'n siŵr o fod yn chwilio amdani, a dyna lle roedd hi yn gorwedd yn y cae gwartheg, wedi marw.

Cododd ei phen. "Beth? Beth sy'n bod?"

Sefais drosti, allan o wynt. "Does dim byd yn bod,

o'n i jyst yn meddwl … Wyt ti'n iawn?"

"Ydw."

Wnaeth hi ddim codi – gorweddodd hi yna, yn fy atgoffa i o'r amser wnes i orwedd yng nghanol y ffordd.

"Dw i ddim wedi dy weld di am sbel," dywedais. "O'n i'n poeni, a Mam-gu hefyd." O'n i wir eisiau gwybod beth roedd ei thad a'i mam wedi dweud pan welon nhw bod y gwartheg wedi mynd.

"Diolch am y map. Dw i'n mynd i ddechrau edrych am y lle 'na."

O'n i eisiau iddi ofyn pam fy mod i mor awyddus i ddod o hyd i'r rhaeadr, ond mae'n siŵr bod ganddi bethau mwy i feddwl amdanyn nhw.

"Mae pawb yn brysur gyda'r gwartheg," dywedais. "Mae Mam-gu'n neud gweithdy gwneud menyn a chaws bore fory. O'dd hi'n dweud ei bod yn mynd i gyfnewid caws a menyn am wellt a gwair a phethau … mae'n dweud ei fod yn ei hatgoffa hi o'r hen ddyddiau. Mae Geraint yn dweud nad yw Donna yn rhoi llawer o laeth, ond does dim ots ganddo fe. Mae fe jyst yn mwynhau ei chwmni, dw i'n meddwl."

Eisteddodd Kate i fyny a syllu ar draws y cae gwag, heb yr un fuwch ynddo. O'dd rhaid i mi gael gwybod, felly eisteddais wrth ei hochr. "Beth wedodd dy dad?"

"Mae e wedi ffonio Defra – a dweud bod y gwartheg wedi mynd."

"Pwy yw Defra?"

"Adran yn y llywodraeth sy'n delio gyda ffermio a phethe. Ma rhaid i chi ddweud wrthyn nhw pan fydd gwartheg yn cael eu symud. 'Na'r gyfraith." Ysgydwodd Kate ei phen.

"Am dwp."

"Pwy? Dy dad?"

"Na!" dywedodd gyda llygaid crac. "Fi! Fi! O'dd yr holl beth hyn yn dwp. Dyw mynd â'r gwartheg ar y Mawr ddim wedi datrys unrhyw beth. Dim. Mae Dad yn grac. Roedd e wedi rhoi blaendal ar y peth torri coed 'na o'dd e'n siarad amdano fe."

"So?"

"Meddylia amdano fe! Mae Mostyn wedi cael ei gae 'nôl, ond mae Dad dal mewn dyled iddo fe. Y cwbl oedd ganddo fe fel tâl oedd y gwartheg – y gwartheg sydd gyda ni. Dyw Mam a Dad ddim yn gallu credu mod i wedi neud shwt beth, a galla i ddim chwaith." Plygodd ei phen. O'n i ofn ei bod yn mynd i grio. Doedd Kate Thomas, y Ferch Wyllt, ddim yn crio.

Stopiodd cerbyd yn sydyn o flaen fy meic yn y lôn. Daeth Mr Thomas allan o'i dryc a cherdded tuag aton ni. "Chi'n meddwl mai jôc yw hyn?"

Codais ond arhosodd Kate ar y llawr.

"Ble ma nhw?"

Roedd e'n gofyn i *fi*. O'dd ofn mawr arna i.

"Beth yw'r pwynt?" meddai. "Beth chi'n mynd i'w ddatrys drwy neud hyn? Pan wedes i wrth Mostyn bod dim gwartheg gyda fi i'w gwerthu iddo fe, o'dd e'n meddwl taw jocan o'n i. A wedodd y boi yn Defra wrtha i am ffonio'r heddlu, so wedes i, 'Wel dyw'r gwartheg ddim wedi ca'l 'u dwyn.' 'Beth ti'n feddwl?' wedodd yr heddwas. 'Ma Kate y ferch wedi mynd â nhw.' 'I ble?' gofynnodd e wedyn. 'Sa i'n gwbod,' wedes i. 'Ma hyn yn *rhyfedd*,' wedodd e. Rhyfedd?" O'dd ei lygaid yn anferth. "Ma beth chi wedi neud yn wallgo!"

"Nest di ddim trio, Dad!"

Roedd Kate ar ei thraed ac yn pwyntio ato fe. "O'n i'n deall pan o'dd rhaid i'r gwartheg fynd i'r lladd-dy. O'n i'n teimlo'n drist ond o'n i'n gwbod taw 'na beth o'dd y drefn. Wedyn daeth clwy'r traed a'r genau – y pla, fel alwest di fe – ond o'dd e fel taw ti o'dd wedi dal y clwy ac nid y gwartheg. Nest di ildio i Mostyn ..."

"Ildio! Ma'r gwartheg yna'n faich arnon ni – dyw e'n ddim byd i'w neud gyda Mostyn."

"Nest di stopio bod yn ffarmwr, Dad, ond nes i ddim, a dw i *dal* ddim yn mynd i stopio!" Roedd dagrau yn llifo i lawr ei bochau. "Welodd Tad-cu hyn yn dod."

"Pan o'dd e'n fyw o'dd y gwartheg yn dal yn neud colled," meddai Mr Thomas, yr un mor grac. "Dyna beth ti ddim yn 'i weld."

168

"Ti o'n i'n feddwl!" gwaeddodd Kate, gan ei brocio gyda'i bys. "Un diwrnod o'dd e yn y sied odro yn siarad gyda Mam-gu amdanat ti – o'n nhw ddim yn gwbod mod i'n sefyll 'na. Wedodd e nad o't ti'n gallu ymdopi 'da'r gwaith. O'dd e'n iawn, on'd o'dd e? Ti ddim erioed wedi gallu ymdopi, Dad. Ond dim bai'r gwartheg yw e. Dy'n nhw ddim wedi neud unrhyw beth o'i le. Dim byd."

Dechreuodd igian crio, yna cerddodd hi i'r cae. Sylweddolais mai'r gwartheg oedd y cwbl oedd gan Kate bellach, a nawr roedden nhw wedi mynd.

"Ble ma'r gwartheg?" gofynnodd e i fi eto.

O'n i'n crynu. Nid achos bod ofn arna i – ond achos mod i'n gandryll. Trois ato ac edrych i fyw ei lygaid. "Pa wartheg?"

Aeth yn ôl i'w dryc, yn edrych yn ddigon crac i yrru dros fy meic i. Rhedais i'r lôn a'i dynnu o'r ffordd.

Fe'i gwyliais yn gyrru i ffwrdd. Byddai ganddo waith caled yn mynd lawr bob stryd ar y stad yn ceisio dod o hyd i'r gwartheg, a doedd neb ar y Mawr yn mynd i ddweud wrtho ble roedd yr un ohonyn nhw.

TRI DEG DAU

Ro'n i'n hwyr yn mynd 'nôl, ond ges i neges gan Mam-gu bod Mam ar ei ffordd draw i gael swper.

Roedd hi'n dywyll erbyn i fi droi mewn i'r lôn. Clywais sŵn brefu a stopio. Am funud doeddwn ddim yn gwybod beth oedd e – fel pe bawn wedi anghofio am y gwartheg oedd o'm cwmpas. Gwenais a dod oddi ar fy meic. Pan gyrhaeddais giât gefn Mam-gu gwelais rywbeth arian ar y llawr.

"Karuna!"

Roedd e'n gorwedd ar ei fol ar y llawr a'i ffliwt yn ei law. Trois i fe ar ei gefn. Roedd ei lygaid wedi chwyddo'n fawr ac roedd gwaed yn dod o'i geg.

Gwenodd. "Gethon nhw ddim fy ffliwt i."

Clywais i sŵn traed a sefyll, yn barod am drwbl.

"Gemma?"

"Mam! Ma rhywun wedi ymosod arno fe."

Wnaeth hi fy helpu i godi Karuna ar ei draed ac aethon ni ag ef i iard gefn Mr Banerjee. Roedd ei fuwch yn gorwedd ar ei gwely o wellt. Syllodd arnon ni'n nerfus.

"Mae popeth yn iawn, Peggy," dywedais.

Roedd Mr Banerjee fel arfer yn fodlon 'i fyd ac yn gwenu, ond pan welodd wyneb Karuna aeth ei wyneb yn galed.

"Dylen ni alw'r heddlu," meddai Mam.

"Na," meddai Mr Banerjee. "Wna i ffonio ei dad a'i fam gynta."

"Wel, well i ni olchi ei wyneb e 'te," meddai Mam. "Fydden i ddim eisiau gweld fy mab i yn y cyflwr hwn."

Helpodd hi i'w godi ac aeth yn syth i'r gegin, fel petai hi gartre. O fewn munudau roedd hi'n glanhau wyneb Karuna.

Doeddwn i ddim wedi bod tu fewn i gartref Mr Banerjee erioed. Roedd mor lân. Roedd delw o fachgen gydag wyneb glas yn chwarae'r ffliwt, ac roedd lluniau o bobl eraill gyda chleddyfau a phennau eliffant, fel cymeriadau mewn stori dylwyth teg.

"Aw!" gwingodd Karuna mewn poen.

"Ti ddim 'di torri unrhyw esgyrn," meddai Mam.

"Pwy nath, Karuna?" gofynnais.

"Dim syniad. Daethon nhw o'r tu ôl a chydio yn y ffliwt."

Roedd yn dal i afael ynddo'n dynn. Roeddwn yn gallu gweld ei fod yn llawn crafiadau.

"Pam mae pobol yn neud hyn?" meddai Mr Banerjee. "Ni'n deulu heddychlon a bydden ni ddim yn neud niwed i unrhyw greadur."

"Nid dyma'r math o groeso ry'n ni eisiau i'r Bryn Mawr ei roi i bobl newydd," meddai Mam. "Does *dim* rheswm dros y peth. Mae'n codi cywilydd arna i."

"Gallwn ni stopio fe!" dywedais, braidd yn uchel. "Dw i 'di ca'l digon, Mam. Gallwn ni stopio fe, os ydyn ni eisiau."

"Dw i wedi cael digon hefyd," meddai.

"Dyw pawb ddim ar fai, dim ond rhai pobl sy ddim yn deall beth ma nhw'n neud, hyd yn oed pam ma nhw'n ei neud e."

"Mae'ch merch yn iawn," meddai Mr Banerjee. "*Gallwn* ni stopio hyn os ydyn ni eisiau."

Doedden ni byth wedi trafferthu dod i adnabod Mr Banerjee, ac eto mae e'n byw drws nesa i Mam-gu ers blynyddoedd. Mae e'n ddyn hyfryd, ond mae'n rhyfedd sut gallwch chi benderfynu nad ydych yn hoffi rhywun am ddim rheswm, ac wedyn chi'n newid – yn debyg i fi a gwartheg.

Cododd Karuna y ffliwt i'w geg a chwythu. Llenwodd y sain y stafell. Roedd mor glir a llachar. Gwyliais y ffordd yr oedd ei wefusau yn cyffwrdd y twll a'i fysedd yn symud dros y botymau. Roedd e'n hyfryd ond roeddwn yn teimlo cywilydd ar yr un pryd achos sylweddolais fy mod wedi bod yn chwythu yn y twll anghywir.

"Mae'n swnio'n iawn," meddai gyda gwên. "Gallen ni gael y wers 'na fory."

Nodiais ato ond ni edrychais ar Mam.

Aethon ni i dŷ Mam-gu drws nesa mewn tawelwch, yna dywedodd Mam, "Nawr dw i'n gwybod beth oedd y sŵn yna oedd fel hwter." Doeddwn i ddim eisiau dweud wrthi mod i'n chwythu mewn i'r twll anghywir; ond dw i ddim yn meddwl y byddai wedi swnio'n llawer gwell petawn i wedi ei neud e'n iawn. "Pam na wedest di fod e wedi rhoi benthyg y ffliwt i ti?" gofynnodd.

"Meddwl y byddet ti'n chwerthin."

"Pwy sy'n chwerthin? Ro'dd hwnna'n beth neis iawn iddo fe ei neud."

O'n i wedi disgwyl iddi ddweud rhywbeth coeglyd. Amser swper roedd Mam yn dawel, heblaw pan ddywedodd hi y dylai Darren a fi fod wedi dweud wrthi ynglŷn â beth roedden ni'n ei wneud. Roedd Mam-gu'n drist am beth ddigwyddodd i Karuna. Roedd hi'n drist am ei fod wedi digwydd ar ôl yr holl bethau neis – gyda'r gwartheg a phopeth arall.

Y noson honno, pan aethon ni gyd i'r gwely, des i allan o'r stafell molchi ac oedi ar y landin. Roeddwn yn gallu gweld coesau Mam o'i blaen wrth iddi wylio'r teledu lawr llawr. Roedd pentwr o ddillad i'w smwddio ar y soffa wrth ei hochr. Roedd hi ar ei phen ei hun.

Dylai Dad fod gyda hi, meddyliais, *yn cadw cwmni iddi.*

Teimlais ddicter yn codi tu mewn i mi.

"Beth ti'n neud?" sibrydodd Darren o ddrws ei stafell wely.

"Dim."

"Pwy ti'n meddwl wnaeth ymosod arno fe drws nesa 'te?"

Gwenodd. Es i ato, yn ceisio rheoli fy nhymer.

"Ti'n meddwl ei fod e'n ddoniol wyt ti, Darren?"

Cododd ei ysgwyddau.

"Ti eisiau i fi ddweud wrth Mam-gu dy fod ti'n meddwl ei fod e'n ddoniol bod rhywun wedi ymosod ar Karuna? *Fe* drws nesa!"

Diflannodd y wên.

"Falle wna i ddweud wrthi am dy stopio di rhag

mynd yn agos at y gwartheg. Dw i'n meddwl y bydde hi'n cytuno 'fyd."

"Iawn, sori."

Dyna'r tro cynta i fi glywed Darren yn ymddiheuro. Es i fy stafell a chau'r drws. Meddyliais am yr holl droeon yr oeddwn i wedi dweud "nhw drws nesa". A'r holl bethau roedd Siân wedi eu gwneud o fy mlaen i, gan gynnwys galw enwau ofnadwy ar bobl, a doeddwn i ddim wedi dweud gair i'w stopio hi. Doeddwn i ddim yn sant o bell ffordd.

Daeth cnoc. "Beth?"

"Gary Tobin nath ddwyn dy feic di."

Agorais y drws. Cerddodd Darren i ffwrdd. "Do'n i ddim yn gwbod bod e'n mynd i neud e, Gemma, wir. A pan weles i fe'n mynd ag e o'n i ofn beth alle fe neud sen i'n dweud wrth rywun amdano fe – ma fe'n gas."

Sylweddolais fod Darren wedi ei ddal yma gyda chriw gwael y Mawr, yn union fel fi, ond gwelais ei fod yn ofnus hefyd a thoddodd fy nicter.

"Ma'n iawn," dywedais. "Fi 'di ca'l e 'nôl nawr."

"*Chi'ch dau!*" gwaeddodd Mam o lawr llawr. "*I'r gwely!*"

"Iawn, Mam," gwaeddodd Darren a fi 'nôl.

"Wna i drio ca'l gwbod pwy nath ymosod ar Karuna," sibrydodd.

Nodiais a mynd 'nôl i fy stafell.

TRI DEG TRI

Y tri chylch olaf roedd Kate wedi eu tynnu ar y map oedd y pellaf o'r Bryn Mawr. Roeddwn yn dechrau blino gan fy mod eisoes rhyw bymtheg milltir o gartref. Dechreuais ddyfalu a oedd Dad wedi mynd â ni'n bellach nag yr oeddwn i wedi meddwl. Hyd y gwyddwn i, gallai'r lle fod gan milltir i ffwrdd, neu hyd yn oed yn Lloegr.

"Na," dywedais yn uchel. "Rhaeadr yng Nghymru oedd hi."

Es i lawr yr allt tuag at y lle olaf ar y map. Gwelais faes parcio bach gydag arwydd oedd yn dweud Coedwig Maes-glas. Roedd yn ynysig iawn. Roedd llwybr oedd yn arwain tuag at goedwig. Ddes i oddi ar fy meic a cherdded ar ei hyd. Roedd e'n eitha gwyllt, ac a bod yn onest, roedd ychydig o ofn arna i, yn enwedig pan edrychais ar fy ffôn a gweld nad oedd signal. Roeddwn filltiroedd oddi cartref a doeddwn i ddim wedi dweud wrth Mam. Byddai hi wedi gofyn cwestiynau ynglŷn â ble roeddwn i'n mynd ac efallai y byddai hi wedi dweud, "Na. Paid bod yn wirion."

O'n i jyst eisiau cyrraedd yna a gweld y rhaeadr. Roedd y gwynt yn chwythu yn y coed wrth i fi gerdded a gwnaeth hynny'r lle yn fwy brawychus. Doedd dim byd yn gyfarwydd ond nid oeddwn wedi bod yma ond yr un tro yna, flynyddoedd ynghynt. Roedd yr awel yn cryfhau eto ond fe glywais rywbeth arall – dŵr. Roedd rhaid bod afon neu nant gerllaw, neu byddai Kate ddim wedi ei farcio ar y map.

Des i at giât ond doeddwn i ddim yn gallu cael y beic drwyddi felly fe glymais y beic a chario mlaen.

Aeth y llwybr yn serth, bron fel grisiau, a daeth sŵn y dŵr yn uwch. Pan gyrhaeddais y gwaelod, cerddais o dan frigau isel ac yna fe welais i raeadr ddŵr. A'r un un oedd hi, heb amheuaeth. Yr un yr oedd Dad a Darren wedi rhoi eu pennau yn y dŵr. O'n i yna. Edrychai'n llai, rywsut. O'n i'n ei chofio'n fwy ac yn uwch.

Ond ble roedd y goeden enfawr a'r cae? Wrth i mi edrych o fy nghwmpas, sylweddolais ein bod wedi bod yno yn yr haf bryd hynny – pan o'dd y cae yn dyfiant i gyd. Trois a gweld fy mod wedi cerdded yn syth o dan y goeden fawr. Doedd dim dail arni felly doeddwn ddim wedi sylwi arni.

Gosodais fy llaw yn y dŵr. Roedd e'n rhewllyd. Gwyliais y rhaeadr yn llifo, a'r llif yn mynd ymlaen am byth, ac fe ges i'r teimlad fy mod mewn llesmair eto.

"*O ble mae'r dŵr yn dod, Mam?*" clywais fy hun yn gofyn.

"*Glaw,*" meddai.

"*Ond pan mae'r glaw yn stopio dylai'r dŵr stopio.*"

"*Dyw hi byth yn stopio bwrw yng Nghymru.*"

Roedd y cwbl yn edrych mor wyrthiol i fi, yn arllwys o'm blaen i, bron fel petai'n mynd i stopio unwaith i mi gerdded oddi yna.

"Mam!" gwaeddais. "MAM! DAD!" Gwaeddais fel pe bawn i mewn trwbl.

Daeth dim ateb, dim ond sŵn y dŵr yn cwympo ac yn cwympo. Teimlais y dicter yn corddi. Dw i ddim yn gwybod pam – nid y lle hwn oedd ar fai am bopeth.

Tynnais y bocs gemwaith allan a'i agor. Syllais ar y cae yr oedd Darren a fi wedi 'i archwilio, a lle roedd Mam a Dad wedi pendwmpian. Roedd yn llawn tyfiant. Roedd hwn yn lle gwahanol. Arllwysais y gwair a'r dail sych o'r bocs, eu rhoi nhw 'nôl yn eu lle iawn.

Roeddwn wedi dod yr holl ffordd yma, ond doedd pethau ddim yr un fath. Pam oeddwn i'n credu y bydden nhw?

TRI DEG PEDWAR

Roedd y Mawr yn wahanol. Roedd y gwartheg wedi newid y lle a'i wneud yn wahanol, yn ôl Mam-gu, a dw i'n credu ei bod hi'n iawn. Roedd llwyth o bobl yn mynd draw i gael gwersi gwneud menyn a chaws. Roedd pobl yn siarad am y gwartheg lle bynnag y byddech chi'n mynd. Daethon nhw i gynnig gwellt neu wair neu flanced, a bydden nhw'n cael llaeth ffres neu fenyn neu gaws am eu caredigrwydd. Sylwais fod y gwartheg yn cael eu trin yn well wrth i'r amser fynd yn ei flaen: roedd gwellt ffres yn cael ei roi ar lawr fel bod y ddaear yn feddal; roedden nhw'n cael eu trin a'u glanhau ac roedd yr iardiau cefn yn cael eu golchi a'u sgrwbio. Roedd Geraint hyd yn oed

179

wedi paentio murlun o wair a choed ar ei wal gefn –
roedd e eisiau rhoi rhywbeth i Donna edrych arno.

Roedd pobl yn dweud bod gan eu gwartheg eu
personoliaethau eu hunain: roedd rhai yn aflonydd a
rhai yn dawel; rhai'n brefu llawer a rhai eraill ddim
yn brefu o gwbl. Roedd buwch Mave yn fusneslyd ac
yn gosod ei phen yn y ffenest gefn, fel pe bai hi eisiau
mynd mewn i'r tŷ. Clywais Roger yn dweud bod ei
fuwch e, Rhiannon, yn hoffi cerddoriaeth opera.

Roedd Mam yn chwilfrydig, fel pawb arall, ac fe aeth
hi i dŷ Mam-gu i weld beth oedd yn digwydd. Dw i'n
falch. Dywedodd ei bod yn credu bod y gwartheg yn
cael mwy o sylw na dwsin o fabanod newydd.

Siaradai pobl am pa mor wael oedd hi bod rhywun
wedi ymosod ar Karuna.

"Ofnadw am ŵyr Mr Banerjee. Ma pobl filain o
gwmpas."

"Moch. 'Na beth y'n nhw."

"Diawled," meddai Darren, a thaflu cipolwg ata i.

Roedd hi fel pe baen nhw'n dymuno i'r drwg
ddiflannu o'r Mawr.

Un prynhawn daeth gohebydd i'r Mawr i fusnesa
a gofyn cwestiynau, ond y cwbl gafodd e oedd,
"Gwartheg? Pa wartheg?"

Y newid mwyaf oedd yn y plant. Roedd pobl fel
Roger yn dweud y bydden nhw'n colli diddordeb ond

wnaethon nhw ddim. Roedden nhw'n dal i fynd draw ar ôl ysgol.

Un tro gwelais i Siân yn dadlau gyda'i brawd am helpu Geraint i ofalu am Donna.

"Dyw hi'n ddim o dy fusnes di," meddai Ryan wrthi.

"Aros tan bod Mam yn clywed bo ti'n helpu Geraint Gwallgo," meddai Siân.

Cododd Ryan ei ysgwyddau. "Dwed wrthi. Sdim ots 'da fi. A ta beth, dyw e ddim yn wallgo."

Gwelodd Siân fi'n gwylio. "Ar beth ti'n edrych?"

Syllais yn ôl. "Dim," dywedais. "Dw i'n edrych ar ddim."

Safodd hi yna gyda Karen, Tracy a Jo, a phopeth yn digwydd o'u cwmpas nhw – plant yn rhedeg mewn ac allan o'r iardiau yn helpu. Roedden nhw wedi cael eu hanwybyddu a doedden nhw ddim yn gyfarwydd â'r peth. Gwelais yr un olwg ar wynebau'r brodyr Tobin hefyd. Roedd hi fel petai nhw ddim yn gallu ymdopi gyda phawb yn cymysgu ac yn helpu'i gilydd. Doedd dim "ni a nhw", jyst pawb.

Sylweddolais fod y brodyr Tobin a Siân, a'r rhai eraill tebyg iddyn nhw, i gyd dal eisiau ymladd, fel petaen nhw'n dibynnu arno. Roedden nhw'n grac am rywbeth ac ro'n i'n gwybod sut deimlad oedd hynny, ond doeddwn i ddim eisiau teimlo fel hynny rhagor.

TRI DEG PUMP

Saraswati yw duwies egni a chreadigrwydd yr Hindŵiaid. Dyna beth ddywedodd Karuna wrtha i. Duwies, cofiwch – menyw, nid dyn, ac mae hi'n bwerus iawn. Mae'n ddiddorol faint o dduwiau a duwiesau sydd gan yr Hindŵaid. Durga oedd fy ffefryn. Roedd hi'n lladd demoniaid, yn marchogaeth ar gefn llew ac roedd ganddi ddeg braich – defnyddiol iawn.

Cefais wybod mai Krishna oedd y ddelw o'r bachgen glas yn nhŷ Mr Banerjee. Mae'n dduw ac yn fugail gwartheg. Roedd holl forynion y gwartheg yn ei ffansïo fe, mae'n debyg. Dywedodd Mr Banerjee am y gwartheg yn crwydro'n rhydd yn y strydoedd yn

India oherwydd eu bod yn cael eu parchu yn fanna. Dw i'n credu bod Peggy'n fwy na buwch iddo; wnaeth e hyd yn oed ddweud ei bod wedi cael ei hanfon ato gan dduw.

Gwnaeth Mr Banerjee de a brechdanau i ni wrth i Karuna roi gwersi ffliwt i fi. Y peth cyntaf wnaeth e oedd gofyn i fi chwythu ar draws top potel, oedd yn eithaf rhyfedd. Roedd Karuna mor amyneddgar, fel pe bai eisiau fy nysgu i, ac roedd hyn yn ei wneud yn fwy deniadol.

"Chwarae rywbeth i fi," gofynnais.

"Beth hoffet ti glywed?"

"Unrhyw beth."

Meddyliodd am funud a siarad am y miwsig yr oedd yn ei astudio, gan rywun o'r enw Bach. Gwenais arno, fel pe bawn i'n gwybod am bwy oedd e'n sôn.

Caeodd ei lygaid wrth iddo chwarae. Siglodd ei ben ychydig bach ond roedd y ffliwt yn aros yn yr un man ar hyd yr amser, fel pe bai ei gorff yn symud gyda'r ffliwt yn hytrach nag i'r gwrthwyneb. Roeddwn yn difaru gofyn iddo chwarae achos ar ôl tua deg eiliad dechreuais i grio. Dim beichio crio ond crio'n dawel.

Gwnaeth y gerddoriaeth yna i fi feddwl am bopeth. Roedd yn drist ond yn gynnes hefyd. Roedd popeth wedi ei wasgu mewn i'r cwpwl o funudau ohono'n chwarae. Meddyliais pa mor wahanol roedd Karuna a fi, fel pe bydden ni o wahanol blanedau.

Unwaith iddo orffen codais. "Rhaid i fi fynd."

"Ti'n iawn?"

"Ydw. Diolch," dywedais. "Roedd hwnna'n ..." Dewisais y gair gorau oedd yn fy mhen.

"Yn hardd …"

Gwenodd Mr Banerjee arna i, fel pe bai'n deall.

Pan oeddwn tu allan, rhwbiais fy mochau'n sych ac anadlu'n ddofn. Gallwn arogli tail buwch, ond dyw e ddim yn arogl gwael – mae e jyst yn arogli fel cefn gwlad.

Syllodd Peggy arna i. Cyffyrddais ynddi a sylweddoli eto pa mor feddal mae crwyn gwartheg yn teimlo, fel melfed. Mwythais i hi. Pwy allai fod ofn gwartheg? Ma nhw'n hardd iawn.

Roeddwn yn teimlo'n dda, fel pe bai popeth yn mynd i fod yn iawn. Tan bod Geraint yn penderfynu mynd â Donna ar y comin.

TRI DEG CHWECH

Erbyn i fi gyrraedd y comin roedd criw wedi ymgasglu o gwmpas Geraint, oedd wedi clymu Donna ar dennyn. Roedd fy nghalon yn curo'n galed ac ro'n i'n disgwyl i'r heddlu gyrraedd unrhyw funud.

"Beth ti'n neud, Geraint?"

"O'dd hi'n mynd yn rhwystredig," meddai. "O'dd hi angen mynd am dro. Ma digon o wair ffres fan hyn a neb yn 'i fyta fe."

"Ydy hwn yn un o ddwsin Bryn Mawr?" gofynnodd menyw yn y dorf.

"Ody," meddai Geraint. "Nath hyn fyd o les iddi. Falle'i bod hi'n gweld isie'r lleill."

"Falle," dywedais. "Ond well i ni fynd â hi 'nôl nawr, Geraint."

Yn nhŷ Mam-gu roedd golwg flin ar bawb. Roedd Kate wedi dod yno, a dyna lle roedd Mr Banerjee, Roger, Polly ac ambell un o'r lleill.

"Mater o amser fydd hi nawr tan iddyn nhw ddod o hyd iddyn nhw," meddai Mam-gu.

"Blydi Geraint!" meddai Roger. "Dw i'n mynd i fynd draw i roi llond pen iddo fe."

"Wnei di ddim shwt beth," meddai Mam-gu. "O'dd e'n meddwl am Donna. Ma'r gwartheg hyn yn neud ffafr â ni a ma arnon ni lot iddyn nhw. Ma hi wedi bod yn bleser ca'l Jane, ond dw i wedi bod yn euog o feddwl amdana i fy hunan." Edrychodd ar Kate. "Pan fyddi di'n barod gawn ni fynd â nhw gyd 'nôl i'r cae."

"O Lil, na!" meddai Mave. "Ma Maisy ni wedi setlo'n dda nawr"

Dechreuodd bawb gyfrannu at y sgwrs.

"Nid ni bia nhw," gwaeddodd Mam-gu. "Kate a Mr Thomas bia'r gwartheg 'na ac os taw'r peth gore iddyn nhw neud yw mynd â nhw 'nôl, yna dyna beth nawn ni."

"Na, Mam-gu!"

Rhedodd Darren mewn o'r iard gefn. "Paid rhoi nhw 'nôl, plis. Gawn nhw 'u lladd."

Synais ato – y tro diwetha i fi weld Darren yn colli deigryn oedd pan wnaeth Mam eu stopio fe rhag chwarae ar y cyfrifiadur am noson.

"Shwsh nawr, Darren," meddai Mam-gu. "Dw i wedi bod mor hapus am y ffordd ti wedi cymryd at y fuwch 'na – ti wedi bod yn fachgen gwahanol – ond gall hwn ddim mynd mlân am byth."

"Pam na wnei di siarad gyda'r gohebydd, Mam-gu?" dywedais. "Yr un ddaeth 'ma."

"Pam?"

"Wel, falle fyddai'n help pe byddai mwy o bobl yn gwbod am y gwartheg … yn enwedig pe bydden nhw'n clywed bo nhw'n mynd i gael eu lladd?"

"Dw i ddim yn gwbod, Gemma. Fe alle fe gorddi pobl. Ti isie i fi siarad gyda dy dad, Kate?"

Ysgydwodd ei phen. "Mae e'n rhy grac," meddai. "Dyw e ddim hyd yn oed yn siarad gyda fi ar hyn o bryd. Ta beth, ma'r gwartheg 'ma nawr. Newn ni ddim ffafre â nhw drwy 'u symud nhw eto."

"Ond ti bia nhw o hyd, Kate," meddai Mam-gu. "Dy'n ni ddim wedi anghofio 'nny."

Aethon ni allan i'r lôn. Safodd Kate a fi'n gwylio pawb yn mynd mewn ac allan o'r iardiau cefn. Roedd hi'n edrych ar goll.

"Ti moyn benthyg fy meic i er mwyn mynd 'nôl lan?" gofynnais.

"Na."

"Neith hi gymryd sbel fawr i ti gyrraedd gartre."

"Na!" meddai'n ddiamynedd.

O'n i'n mynd i ddadlau gyda hi ond wrth i fi 'i gwylio hi'n cerdded i fyny'r lôn sylweddolais fod ei gwartheg hi gyda ni, a'r cwbl oedd ganddi oedd awyrgylch anodd gartre. O'n i eisiau ei helpu hi ond yna fe gofiais beth oedd un fenyw wedi galw'r gwartheg.

"Dwsin Bryn Mawr," dywedais yn uchel. Roedd hi fel pe baen nhw'n enwog.

TRI DEG SAITH

Roedden ni ar y trên i weld Dad a'r cwbl ro'n i'n gallu meddwl amdano fe oedd y gwartheg.

Dw i fel arfer yn hoffi'r siwrne ar y trên ond doeddwn i ddim eisiau bod i ffwrdd wrth y Mawr, a dyna'r tro cyntaf i fi deimlo fel yna. Roedd gan Mam y papur newydd lleol ar agor ar y bwrdd oherwydd roedd erthygl am y gwartheg ynddo. Darllenodd hi'r holl beth allan i ni: "Dirgelwch Dwsin Bryn Mawr," oedd y pennawd.

"'*Mae'r gwartheg wedi gwneud gwahaniaeth anferth i'r Mawr ers iddyn nhw gyrraedd,' meddai un siaradwr dienw. 'Ac mae pobl yn eu caru.' Doedd neb yn fodlon dweud*

189

ble mae'r gwartheg, ond yn ôl y Cynghorydd lleol Rhys Morgan, 'Ma pethe'n rhyfeddol o dawel ar stad Bryn Mawr. Dywedodd yr heddlu wrtha i fod nifer y digwyddiadau domestig wedi lleihau a dydyn ni ddim wedi cael lladrad am amser hir. Dw i ddim wedi gweld unrhyw wartheg, cofia, er dw i wedi clywed ambell fref yn hwyr yn y nos...'"

Ysgydwodd Mam ei phen. "Ma dy fam-gu'n ypset am hwn. Ma hi'n meddwl falle taw Roger ddwedodd wrthyn nhw, ond mae e'n taeru nad fe wnaeth."

Teimlais fy hunan yn cochi a gobeithiais na sylwodd Mam.

"Ti'n credu bydd y gwartheg yn dal yna pan ddown ni 'nôl?" gofynnodd Darren i fi.

"Byddan," dywedais, ond do'n i ddim yn siŵr.

O'n i'n teimlo'n rhyfedd ar y trên, yn llawn tensiwn, ond nid oherwydd y gwartheg yn unig.

Pan dynnodd Mam y brechdanau ar gyfer y siwrne o'i bag, o'n i'n poeni y bydden nhw gyd yn rhai cig. Do'n i ddim eisiau dadl, yn enwedig y ffordd ro'n i'n teimlo ar hyn o bryd. Rhoddodd hi frechdan i fi mewn ffoil a dweud, "Caws a tomato." Winciodd hi arna i.

Ges i sioc. "Diolch."

Syllais allan o'r ffenestri a gweld gwartheg yn y caeau. Y tro cyntaf o'n i wedi mynd i weld Dad bydden i ddim wedi sylwi arnyn nhw; ond nawr dyma fi, Gemma Matthews, yn edrych allan am wartheg fel pe bydden nhw'n llewod ar saffari.

Pan gyrhaeddon ni roedd rhaid i ni fynd yn y stafell aros, oedd yn llawn o berthnasau a ffrindiau oedd yn aros i weld pwy bynnag oedd yn y jael. Dw i byth wedi dod yn gyfarwydd â hyn. Dw i'n teimlo fel pe bawn ni gyd yn cael ein cosbi, a doeddwn i ddim eisiau bod yna, ddim nawr. Yna dechreuon nhw alw enwau ac fe aethon ni drwodd.

Roedd Dad yn gwenu arnon ni wrth i ni fynd mewn. Cofleidion ni gyd Dad yn ein tro ac eistedd lawr. Dangosodd Mam yr erthygl papur newydd iddo. Chwerthin wnaeth e. "Sdim dal beth ddigwyddith ar y Mawr," meddai. "Dyle'ch mam-gu werthu'r fuwch 'na tra bod cyfle gyda hi."

"Pam?" gofynnais.

"Wel, dw i'n siŵr y galle hi ffindo rhywun i gymryd hi oddi ar 'i dwylo hi," meddai Dad. "Gwerth ceiniog neu ddwy, weden i."

"Na, Dad," meddai Darren. "Ma'r fuwch yn ffantastig."

"Sa i'n credu y bydde hi'n gwerthu hi am filiwn o bunne, Rob," meddai Mam. "Ma hi wedi cymryd ati, a'r cymdogion – ma rhai ohonyn nhw 'di ca'l gwartheg hefyd."

"O reit," meddai Dad, ond doedd dim diddordeb ganddo fe.

Dechreuodd Mam siarad am hwn a'r llall, yna aeth ymlaen am fil nwy roedd hi wedi gorfod ei dalu.

"Ma hwnna'n lot."

"Ydy, Robbie, dw i'n gwbod," meddai Mam. "Ma rhaid i ni gadw'n dwym."

"Wrth gwrs 'nny – wedes i ddim na ddylech chi fod yn dwym." Edrychodd e arna i. "Beth sy'n bod arnat ti?"

"Dim," atebais ond o'n i'n teimlo'n rhyfedd, yn grynedig.

"Ma Gemma'n dysgu chwarae'r ffliwt," meddai Mam.

"I beth?"

"I'w chwarae fe, Robbie," meddai. "Pam fyddet ti'n dysgu offeryn fel arall? Ma hi'n ca'l gwersi gan ŵyr Mr Banerjee – ma fe 'di rhoi benthyg y ffliwt iddi."

"Banerjee?" meddai Dad.

"Ie," meddai Mam. "Peth neis i neud, o'n i'n meddwl."

"Beth yw oedran y bachgen 'te?"

O'n i ddim yn hoffi'r ffaith ei fod wedi gofyn hynny. Aeth y teimlad crynedig yn waeth.

"Pedair ar ddeg, pymtheg," meddai Mam.

"Dyle hi fod yn mynd 'na ar 'i phen 'i hunan?" gofynnodd e iddi, fel petawn i ddim yna.

"Mae'n iawn, Robbie," meddai. "Ma nhw'n neis."

O'n i'n gallu teimlo fy hun yn cynhyrfu.

"Ma Mam-gu'n neud caws nawr, Dad," meddai Darren.

"A menyn," ychwanegodd Mam. "Dylet ti weld hi."

"Dw i ddim yn hapus am Gemma'n mynd drws nesa ar 'i phen 'i hunan."

"Alli di ddim stopio fi, Dad." Dywedais i hyn yn uchel ac edrychodd pobl arnon ni.

"Beth wedest di?"

"Gall Mam stopio fi, ond alli di ddim achos ti mewn fan hyn."

Edrychodd e arna i'n syn. "Gemma, paid siarad 'da fi fel 'na."

Doedd dim ots gen i os oedd e'n grac – a dweud y gwir o'n i'n falch. "Beth wyt ti'n neud 'ma?" gofynnais.

"Beth?"

"Dw i ddim yn nabod unrhyw un yn yr ysgol sy â'i dad yn y jael. Gath 'y meic i ei ddwyn y diwrnod o'r bla'n a Kate gath e 'nôl i fi. Dim ti, Kate."

"Pwy yw Kate?"

"Sdim ots!" Codais. "Nath rhywun ddwyn 'y meic i ond do'n i ddim yn gallu gofyn i ti fy helpu i achos ti mewn fan hyn." Aeth ei lygaid yn fawr. "Ti'n colli popeth, Dad. Mae'r Mawr yn wahanol nawr, ond byddet ti ddim yn gwbod achos ti mewn fan hyn. Ti'n ca'l bwyd a ti'n gynnes. Ma Mam yn gweithio. Ma hi'n talu bilie. Ma hi'n ca'l bwyd i ni. Ma hi'n neud beth ma mame fod i neud, ond *ti* ...!"

Pwyntiais i ato gyda llaw grynedig. O'n i mor grac – yn grac ei fod e yn y jael; yn grac bod Mam wastad mor nerfus ac ar ei phen ei hun bob nos; yn grac bod gan wartheg fywyd mor fyr; ac yn grac bod y rhaeadr ddim yr un peth. Crac, crac, crac.

"Galwodd Mam-gu ti'n iwsles," dywedais. "Ac o'dd hi'n iawn – tra bo ti mewn fan hyn ti mor iwsles â thethi ar darw!"

Cerddais i allan.

* * *

Syrthiais i gysgu ar y siwrne adre, a breuddwydio am wartheg yn crwydro'n rhydd yn India, fel roedd Mr Banerjee wedi dweud wrtha i. Pan ddeffrais i edrychais ar Mam a gwenodd hi. Do'n i ddim yn gallu cofio'r tro diwetha i fi ei gweld hi'n gwenu arna i. Roedd Darren yn dawel, yn syllu allan drwy'r ffenest.

Yna cafodd Mam decst. "Sa i'n credu'r peth," meddai wrth ei ddarllen.

"Beth?" gofynnais i a Darren ar yr un pryd. "Y gwartheg?"

Nodiodd.

"O, na," meddai Darren. "Ydyn nhw wedi mynd?"

"Na," meddai Mam. "Ma Mam-gu'n dweud eu bod nhw ar y teledu!"

194

TRI DEG WYTH

Eisteddon ni gyd o flaen y teledu yn nhŷ Mam-gu. Roedd hi wedi ei weld yn gynharach ond roedd rhaid i ni aros tan newyddion chwech.

Doeddwn i ddim yn gallu credu fy llygaid pan ddaeth yr eitem ymlaen.

Roedd gohebydd yn cerdded ar draws Comin y Mawr.

"*Mae stad Bryn Mawr yn aml yn y newyddion am yr holl resymau anghywir,*" meddai.

"*Gofynnwch i unrhyw un ar y stad hon ac fe ddywedan nhw wrthoch chi am fân droseddau, lladrata, dwyn ceir, graffiti a bygythiadau. Dywedodd un ddynes hŷn wrtha i ei bod yn rhy ofnus i adael ei thŷ ar ei phen ei hun. Ond yn ddiweddar mae newid wedi bod ar y stad hon – mae'n dawel, mae'r gyfradd droseddu wedi gostwng, ac yn ôl y si, mae'r newid hwnnw wedi ei achosi gan anifail. Dim cath neu gi, ond buwch, buwch odro."*

Cerddodd i fyny at ddrws iard gefn un o'r tai. Roedd plant o'i amgylch. "Dyna Jamie!" gwaeddodd Darren.

Cerddodd y gohebydd i mewn i un o'r iardiau cefn a dyna lle roedd y fuwch.

"Doedd neb yn fodlon dweud wrtha i o ble daeth y fuwch yma," meddai. *"A beth sy'n fwy o syndod byth yw nad hon yw'r unig un. Ma nhw'n dweud wrtha i bod dwsin ohonyn nhw ar y stad – deuddeg buwch wedi dod o hyd i gartrefi ar y Bryn Mawr. Roedd un o'r perchnogion newydd yn fodlon siarad â fi ond doedd e ddim eisiau ymddangos ar gamera."*

"Dw i'n caru'r fuwch yna," meddai'r perchennog. Hyd yn oed gyda'i gefn at y camera, roeddwn yn gallu dweud mai Roger oedd e. *"Dyw hi ddim yn gofyn am ddim byd ond gwair. A dw i ddim yn gwbod pam ond dw i'n teimlo'n hapus pan dw i gyda hi. Chi'n gwbod beth wy'n meddwl?"*

"O ble ma'r fuwch wedi dod?" gofynnodd y gohebydd.

"Dw i ddim yn cael dweud, ond alla i ddim ei rhoi hi 'nôl. Ddim nawr. Ni wedi dod yn agos. Yn agos iawn."

"Oeddech chi'n gwybod bod deuddeg o wartheg wedi mynd ar goll o fferm Nigel Thomas?"

"*Y cwbl dw i'n 'i wybod yw bod y fuwch hon yn hapus, yn cael ei bwydo ac yn cynhyrchu llaeth. Mae blynyddoedd ar ôl ganddi. Beth fyddai'n well 'da chi – bod yn fyw ac yn cael gofal da neu'n hongian ar fachyn yn y siop bwtsiwr?*"

Roedd y gohebydd yn sefyll wrth ochr y fuwch eto. "*Yn gynharach eleni siaradais â Ron James, dyn llaeth ar y Bryn Mawr.*"

"*Yn ystod yr wythnos diwethaf, mae'r gwerthiant wedi lleihau,*" meddai'r dyn llaeth. "*Os yw e o achos y gwartheg hyn dw i 'di clywed amdanyn nhw, wel ma 'na eironi mawr yn hynny, on'd o's e? Sdim byd 'da fi yn erbyn gwartheg – dw i'n ddyn llaeth – ond dylen nhw fod ar fferm, ddim yng nghanol y dre.*"

Roedd y gohebydd yn ôl ar Gomin y Mawr. "*Rydym wedi trio siarad â Nigel Thomas, perchennog y gwartheg coll, ond fe wrthododd e wneud cyfweliad. Mae dirgelwch 'Dwsin Bryn Mawr' yn parhau heb ei ddatrys. Mae un peth yn siŵr, dyw'r stad hon ddim yr un peth ag y bu a dyw'r stori ddim drosodd eto.*"

Gorffennodd yr adroddiad newyddion a ro'n i'n teimlo'n ofnadwy. Roedd Mam-gu, Mam a Darren yn gwenu, ond roedd gen i deimlad ofnadwy yn fy nghalon – sylweddolais nad gêm oedd hon, roedd hwn yn fater difrifol.

"Wyt ti'n gwbod pwy gysylltodd â'r papur?" gofynnodd Mam i Mam-gu.

"Na. Ond nath y person 'nny ffafr â ni."

"Naddo," dywedais.

"Pam?" gofynnodd Mam-gu.

Cymerais anadl ddofn. "Fi ffoniodd y papur."

"Ti?!"

"Ie, ond licen i tasen i ddim. O'n i'n dwp. O'n i jyst yn meddwl pe bydde mwy o bobl yn dod i wbod am y gwartheg y bydde fe'n helpu rywsut. Ond nawr ma nhw wedi bod ar y teledu a ma pethe wedi mynd yn rhy bell. Felly dylen ni fynd â nhw mas i'r wlad, fel nath Geraint."

"Pam?" gofynnodd Mam-gu.

"Wel, bydd Mr Thomas wedi gweld y newyddion. Dyw e ddim yn dwp. Daw e lan a chasglu nhw i gyd. Yr unig obaith yw y bydd e'n gweld faint ma pawb yn caru'r gwartheg ac yn newid ei feddwl."

"Pam na allwn ni symud nhw i dŷ gwahanol bob nos?" awgrymodd Darren. "Newn nhw byth ffindo nhw wedyn."

"Neith 'na ddim lles i'r gwartheg, bach," meddai Mam-gu. "Ma dy chwaer di'n iawn. Beth yw'r pwynt i ni gwato nhw nawr?" Ochneidiodd. "Dylen ni gymryd y cam cynta a'u symud nhw mas."

"A dylen ni ddweud wrth Mr Thomas," dywedais.

"Dylen," cytunodd Mam-gu. "Fe bia nhw."

"A Defra," ychwanegais.

"Wna i ffonio Mr Thomas nawr," meddai Mam-gu.

"Gad i fi ddweud wrtho fe heno," dywedais i. "Bod yn onest am bopeth."

"Newn ni ffonio," meddai Mam. "Mae'n hwyr."

"Dw i eisiau siarad â fe, wyneb yn wyneb, a dw i eisiau gweld Kate hefyd."

"Iawn 'te, ond dere 'nôl yn syth."

"Reit 'te," meddai Mam-gu. "Wna i ffonio rownd. Jyst gobeithio neith hyn weithio."

TRI DEG NAW

Pan gnociais ar ddrws y tŷ fferm gallwn glywed fy nghalon yn curo. Agorodd y drws ac roedd Mr Thomas yn syllu lawr arna i.

"'Di dod â'r gwartheg, wyt ti?"

Arhosais iddo fy ngadael i mewn, ond wnaeth e ddim. "Nigel," clywais i Kerry yn dweud, y tu ôl iddo.

Gwthiodd Mr Thomas y drws ar agor. Camais i'r tŷ a dyna lle oedd Kerry yn sefyll wrth ochr Kate, oedd yn eistedd wrth y bwrdd. Arhosodd y tri ohonyn nhw i fi siarad.

"Ni ..." Roedd fy llais bron yn sibrydiad. "Ni'n mynd â'r gwartheg i gyd ar Gomin y Mawr bore fory.

Dy'n ni ddim yn cwato nhw ragor."

"Dim lot o bwynt ar ôl dangos nhw ar y teledu o's e? Chi 'di dweud wrth Defra?"

"Ma Mam-gu'n ffonio nhw nawr."

"Nage 'ma'r diwedd, ti'n gwbod?" meddai Mr Thomas. "Dw i'n mynd i hawlio'r arian fi 'di colli."

Edrychais ar Kate, ond ro'dd hi'n edrych lawr ar y bwrdd.

"Ti isie fi ddweud beth sy'n eironig? A galli di ddweud hyn wrth bob un sy 'di dwyn un o ngwartheg i," meddai Mr Thomas. "Dyw Mostyn ddim moyn nhw rhagor. Nawr bod y saga 'ma wedi bod yn y papure ac ar y teledu, dyw e ddim moyn nhw. Ma fe moyn 'i arian wrth gwrs, ond ddim y gwartheg. Sdim ffermwr llaeth arall yn yr ardal, wedyn y ffordd orau i fi ei dalu fe 'nôl yw mynd â nhw yn syth i'r lladd-dy. Ac o'ch chi gyd yn meddwl bo chi'n eu hachub nhw."

"O'dd e'n beth gwallgo i'w neud, bach," meddai Kerry. "Ma 'di neud pethe'n waeth."

O'n i'n gallu teimlo fy hyder yn llifo allan ohona i. "Wel," dywedais i, "bydd y gwartheg ar y comin bore fory yn aros amdanoch."

"Gwd. Galli di helpu Kate i ddod â nhw i gyd 'nôl lan fan hyn."

Edrychais ar Kate, oedd yn edrych mor drist â'i phen wedi ei blygu. O'n i eisiau dweud rhywbeth,

201

unrhyw beth, ond o'n i'n teimlo fel merch fach dwp.

Tu allan, dringais ar fy meic, ond doedd gen i ddim cryfder i symud y pedalau. Y cwbl allwn i feddwl amdano oedd beth fyddai Mam-gu a phawb arall ar y Mawr yn ei feddwl ar ôl clywed bod Jane, Donna, a gweddill Dwsin Bryn Mawr yn mynd i gael eu lladd.

Stopiais ar dop y mynydd a syllu i lawr ar oleuadau pert y stad. Roedd y dre fel rhywbeth mewn llyfr. Wrth i fi wibio lawr y mynydd ges i syniad arall oedd siŵr o fod yr un mor hurt, ond erbyn hyn doedd dim ots gen i.

Gyrrais fel cath i gythraul i fferm Mostyn – lle anferth.

Dechreuais bedlo ar hyd y dreif, ond cyn i fi gyrraedd y ffermdy daeth car mawr du tuag ata i. Roedd y gyrrwr wedi ei wasgu tu ôl i'r olwyn, er bod ganddo gar maint bws. Stopiodd y car ac agor y ffenest.

"Ti ar goll?" gofynnodd.

"Mr Mostyn?"

"Ie."

Roedd bol anferth ganddo ac roedd ei wyneb yn goch, fel pe bai ar fin gweiddi.

"Mae gan fy mam-gu un o'ch gwartheg chi."

Crychodd ei dalcen. "Nath dy fam-gu *ddwyn* un o wartheg Nigel Thomas, ti'n meddwl. Ddim fi bia nhw."

"Kate o'dd bia'r fuwch. O'dd hawl 'da hi i'w rhoi hi."

"Beth ti moyn?"

Gwasgais gyrn y beic, yn brwydro gyda fy nerfau.

"Pam na nei di roi'r gwartheg i ni?"

"Hy? Nid fi bia nhw! Gofyn i Thomas roi nhw bant."

"All e ddim. Mae e angen yr arian i dalu ti."

Craffodd Mostyn arna i. "Gwir. Dw i 'di ca'l fy nghae 'nôl. Nawr dw i eisiau fy arian 'nôl. A beth sy'n rhoi'r syniad i ti mod i yn y sefyllfa i roi gwartheg bant?"

"Ti'n ffarmwr llwyddiannus. Ma gen ti arian."

Chwarddodd. Roedd ei ddannedd yn felyn ac yn erchyll. "Gweniaith lwyr." Pwyntiodd fys tew tuag ata i. "Gwranda. Gath Thomas ei fferm e ar blât – dechreues i'n fferm i o'r dechrau! Felly cer di i'r Mawr a dweud wrthyn nhw am roi'r gwartheg 'nôl i Thomas fel y gall e dalu ei ddyled – y ddyled sy arno fe i fi."

"Plis, Mr Mostyn," dywedais. "Fi ddywedodd wrth y papurau a nawr dw i'n teimlo'n wael. Plis achuba nhw!"

"O'dd Kate Thomas draw 'ma yn gofyn yr un peth. A wedes i'r un peth wrthi hi – dw i ddim isie'r gwartheg, cariad. Dw i isie fy arian."

O'n i ddim yn hoffi'r ffaith ei fod yn fy ngalw i'n cariad. Arian, arian, arian – 'na'r cwbl o'dd ar ei feddwl e. Felly am yr ail waith heddiw fe gollais fy nhymer.

"Dy fai di yw e i gyd!"

"Beth?"

"Nest di roi Mr Thomas dan bwyse," dywedais gan bwyntio 'nôl ato fe. "O'dd Kate ddim ond yn trio achub y gwartheg. Mae hi'n poeni. Taset ti'n fuwch byddet ti wedi marw ac wedi cael dy fwyta erbyn hyn. Mae *angen* y fuwch 'na ar Mam-gu ac ar bawb arall. Dwyt ti ddim yn deall. Ma popeth 'da ti. Ti ddim yn byw ar y Mawr. Ti ddim yn deall y sefyllfa. Sdim syniad gen ti. 'Mostyn Mên' ma nhw'n galw ti – sdim rhyfedd!"

Trois fy meic a pedlo. Doedd dim ots gan Mr Thomas, dim ond arian roedd Mostyn ei eisiau ac roedd Dad yn y jael ac yn ddim help o gwbl. Iwsles. Bob un ohonynt.

Sgrechiais yr holl ffordd lawr y mynydd.

PEDWAR DEG

Pan gerddais i mewn, ofynnon nhw i fi sut aeth hi.

"Iawn," dywedais. "O'dd e'n grac, wrth gwrs."

O'n i ddim eisiau dweud wrthyn nhw bod tad Kate wedi dweud y byddai'n mynd â nhw'n syth i gael eu lladd, yn enwedig pan welais i Mam-gu a Darren yn edrych mor obeithiol. Dywedon nhw wrtha i fod pawb wedi cytuno bod mynd â nhw ar y comin yn gynllun da, heblaw am Roger. Sylweddolais y byddai'r gwartheg, yr adeg yma fory, o bosib, ar eu ffordd i'r lladd-dy, a'r cwbl o achos fy ngheg fawr i.

Y noson honno eisteddais ar dop y grisiau yn gwrando ar Mam yn siarad ar y ffôn. "Wel, mae hi'n debyg i fi, Robbie ... yn ei dweud hi fel y mae ... Dylet ti fod wedi ffonio'n gynharach – ma hi yn y gwely nawr ... Ma ofn arnat ti, o's e? Mae'n od, Rob, ond ma pethe'n wahanol ffor' hyn. Ma pawb yn dweud taw'r gwartheg sy'n gyfrifol. Dw i ddim yn gwbod. Y cwbl alla i ddweud yw ei bod hi'n wahanol ..."

Pan ddaeth hi oddi ar y ffôn, fe'i gwyliais i hi. Rhoddodd sigarét yn ei cheg. Cododd ei leitar, yna stopiodd a thynnu'r sigarét allan. Eisteddodd yn ôl yn erbyn y soffa.

Es i lawr llawr yn dawel.

"Beth ti'n neud mas o'r gwely?" gofynnodd.

"Syched arna i, Mam." Es i mewn i'r gegin. "Isie dŵr?"

"Na."

Yfais ddŵr o'r gwydr gwpwl o weithiau, yna fe gariais wydraid llawn at ddrws y lolfa. Roedd Mam yn syllu ar ddim byd. Cerddais at y soffa ac eistedd wrth ei hochr. Roedd fy nghalon yn curo'n galed. O'n i'n meddwl y byddai hi'n dweud wrtha i am fynd 'nôl i fyny'r grisiau, ond o'n i eisiau bod gyda hi. Yfais y dŵr ac ni ddywedodd Mam unrhyw beth. Eisteddodd y ddwy ohonom yno'n syllu ar y teledu oedd wedi ei ddiffodd. Dw i'n cofio eistedd ar yr un soffa yn ei chôl. Roedd mor bell yn ôl nes ei fod yn teimlo fel breuddwyd.

"Dy dad oedd ar y ffôn," meddai.

"O, reit," dywedais yn hamddenol. "Beth o'dd e eisiau?"

"Credu o'dd e wedi ca'l bach o sioc pan ddechreuest di weiddi arno fe."

"O'n i jyst yn dweud y gwir," dywedais.

Edrychodd Mam arna i. "Neith e les iddo fe i glywed e, yn enwedig yn dod wrthot ti. Dw i'n gwbod ei fod yn wên i gyd pan ni'n ymweld a byddet ti'n meddwl ei fod e ar 'i wylie, ond mae e eisie dod mas. Gath e fynd mewn achos bod e mor ddiniwed, Gemma. Gymerodd pobl fantais ohono fe. Dw i'n sylweddoli 'nny nawr."

O'n i eisiau'i chadw hi i siarad. "Oes golwg grac arna i, Mam?"

"Crac?"

"Ie, oes wyneb crac gyda fi?"

Fel Siân, meddyliais.

"Na. Ddim o gwbl. Ma wyneb pert 'da ti."

O'n i'n teimlo'n boeth yn sydyn. Aeth fy llwnc yn sych felly cymerais lwnc arall o ddŵr.

"Beth ti'n neud, Mam? Yn dy swydd di?"

"Beth ti'n feddwl?"

"Dw i jyst isie gwbod beth ti'n neud, achos sa i'n gwbod."

"Wel, does dim lot i'w ddweud. Ffatri electronics yw hi a dw i ar yr ochr mwyaf diflas – yn rhoi'r darnau mewn bocsys wrth iddyn nhw ddod trwyddo."

"A beth mae'r rhannau'n neud?"

Meddyliodd Mam am funud. "Ti'n gwbod beth?" dywedodd. "Sdim syniad 'da fi. Anodd credu. Dw i wedi bod yn gweithio 'na ers cwpwl o flynydde nawr a does dim cliw 'da fi!" Ysgydwodd ei phen a chwerthin.

"Pam nad wyt ti'n gofyn i neud rhywbeth arall?"

"Stwffio pethe mewn i focsys yw fy lefel i, Gem," meddai. "Dyna pam dw i'n nagio ti am dy waith ysgol a dy waith cartre, achos dw i'n dweud wrthot ti, ti ddim moyn job fel fy un i pan adawi di'r ysgol – ma fe'n pydru dy ymennydd di. Rhaid dyddie dw i'n teimlo fel robot."

"Beth o't ti'n neud cyn 'nny?"

"O'n i mas o waith pan adawes i'r ysgol i ddechre. Wedyn ges i job mewn cantîn mewn ffatri geir lle gwrddes i a dy dad. Joies i hwnnw. O'dd rhoi tato dros bastai'n sbort."

"Beth ddigwyddodd?

"Ti."

"Sori," dywedais.

Crychodd Mam ei thalcen. 'O'n i ddim yn joio gyment â 'nny, Gemma. O'n i'n hapus i fod yn disgwyl babi."

"Fi'n siŵr gallet ti neud rhywbeth arall, Mam."

"Pam ti'n trafod hyn nawr?"

"Dim rheswm. Jyst ddim yn hoffi meddwl amdanat ti'n casáu dy swydd."

Edrychodd arna i'n rhyfedd, fel tase hi'n ceisio darllen fy meddwl i. "Sdim lot o ddewis ffordd hyn, Gemma."

"Ti'n credu neith e helpu – mynd â'r gwartheg ar y comin?"

"Dim syniad, bach, dim syniad."

Eisteddon ni yna am sbel, ac yna chwarddodd hi.

"Beth?"

"Newydd gofio beth wedest di wrth dy dad … 'Mor iwsles â thethi ar darw'."

Dechreuodd hi chwerthin, a dechreues i hefyd. Chwarddon ni gyda'n gilydd ac yna gwrando ar y tawelwch.

"Dere nawr bach. Amser gwely."

"Ocê." Es i â'r gwydryn at y sinc. Pan drois i roedd hi'n dal yn eistedd yn syllu ar y teledu oedd wedi diffodd, ar ei phen ei hunan. Es i 'nôl ac wrth ei phasio, plygais a'i chusanu ar ei boch."

"Caru ti, Mam."

Rhedais fyny'r grisiau a chau drws fy stafell. Roedd fy nghalon yn fy llwnc. Es i mewn i'r gwely a gorwedd yna yn gwrando. Ceisiais gofio a oedd unrhyw un heblaw am Mam wedi fy ngalw i'n bert o'r blaen. Ond o'n i'n methu.

PEDWAR DEG UN

Fe godais i lawer yn rhy gynnar y bore wedyn. Ro'n i'n teimlo fel bod trydan yn rhedeg drwydda i, o'n i mor nerfus. Roedd Darren yn dawel amser brecwast ac roedd Mam i'w gweld yn fwy nerfus na fi.

"Mam, beth sy'n bod?"

"Falle dylen i fod wedi dweud rhywbeth neithiwr ond ma'ch tad …"

Stopiodd Darren fwyta.

"Mae'n dod gartre'r penwythnos nesa …"

"Wedest di ddim."

"Ie wel, ma gyment 'di bod yn digwydd. 'Cyfnod adfer' ma nhw'n ei alw fe, a jyst am y penwythnos fydd e."

Gwenodd Darren, ond o'n i'n teimlo'n grac – ro'dd yr amseru'n wael. Mae'n rhaid bod Mam wedi sylw achos wedodd hi, "Dw i eisiau i ni gyd drio'n gore, Gemma. Ma digon 'da ni ar ein plât fel mae, wedyn gawn ni drio, plis."

"Iawn, Mam."

Erbyn i ni gyrraedd y teras roedd pawb allan o'u hiardiau cefn gyda'u gwartheg. Roedd Mam-gu yn llawn ffwdan o'r dechrau. Penderfynodd hi fod angen i Darren, Ryan a Jamie fynd â bwrdd draw i'r comin gan ei bod hi eisiau cynnig ei chaws a menyn i bobl. Safodd pawb arall, yn aros.

"O, dewch i ni fynd cyn i fi fynd off 'y mhen," meddai Mam-gu.

"Wyt ti'n siŵr nawr, fenyw?" gofynnodd Roger.

"Ni wedi ffonio Defra," meddai Mam-gu. "Ni wedi dweud wrthyn nhw beth ni'n neud a dw i'n cadw at fy ngair. *Que sera, sera*, fel y bydde Doris Day'n dweud. Wedyn bant â ni."

Arweinion ni'r gwartheg lawr tuag at y comin. Cerddodd Mam wrth ochr Mam-gu gyda Jane. Es i gyda Karuna, Mr Banerjee a Peggy, a cherddodd Darren gyda Geraint a Donna. Roedd tensiwn yn yr aer.

Pan gyrhaeddon ni ddiwedd y lôn a gweld y comin, ges i sioc – roedd llwythi o bobl yna. Roedd rhai yn dal placardiau yn dweud "Achubwch Ddwsin Bryn Mawr". Ar ben arall y comin roedd y gwartheg eraill yn cael eu harwain ar y gwair gan eu gofalwyr.

"Anhygoel," meddai Karuna.

Roedd y deuddeg buwch allan ar ganol y comin, ac roedd y camerâu teledu yna i weld y cwbl. Trodd Mam-gu ata i gyda gwên fawr. "Mae hi fel yr amser roedd gŵyl yn cael ei chynnal yma, Gemma."

Unwaith i'r gwartheg fynd ar y gwair dechreuon nhw bori a safodd y bobl mewn cylch mawr, fel pe bydden nhw'n eu gwarchod nhw. Am amser, gwylion ni'r gwartheg yn pori. Roedden nhw'n tynnu a chnoi'r gwair fel petaen nhw'n cystadlu yn erbyn ei gilydd. Y cwbl allech chi ei glywed oedd sŵn cnoi.

Yn araf, dechreuodd pobl fynd o un fuwch i'r llall a siarad gyda'u gofalwyr. Cyn hir daeth fan heddlu, gyda goleuadau'n fflachio. Camodd tua phump neu chwe heddwas allan ac edrych o gwmpas. Dw i ddim yn credu eu bod yn gwybod beth i'w feddwl.

Roedd pobl yn sefyll o gwmpas bwrdd blasu caws Mam-gu, yn bwyta. "Lyfli," meddai un fenyw wrth iddi fwyta. Ro'n i'n ei hadnabod hi fel un o'r menywod oedd wrth y groesffordd pan ddaethon ni â'r gwartheg o'r cae.

"Felly beth sy'n digwydd i'r rhain i gyd, Lilly?" gofynnodd.

"Dy'n ni ddim yn gwbod eto, Lorna," meddai Mam-gu. "Mae Mr Thomas wedi cael gwbod eu bod nhw yma. Ni'n ei ddisgwyl e unrhyw funud ac ry'n ni jyst yn gobeithio'r gore."

"Mae'n neis 'u ca'l nhw 'ma," meddai. "Ma nhw'n neud i chi ymlacio, on'd y'n nhw?"

"Mae'n teimlo fel se hi wedi bod yma erio'd," meddai Mam-gu gan fwytho Jane. "Ma hi'n annwyl iawn. Sen i'n gallu dod â hi mewn i'r stafell fyw yn y nos, fydde croeso mawr iddi. A drychwch ar beth mae hi'n rhoi i ni." Chwifiodd at y caws a'r menyn ar y bwrdd.

"Ie. Co, cymera hwn." Cynigiodd Lorna arian i Mam-gu.

"O, wy'n rhannu'r caws, Lorna," meddai Mam-gu. "Ddim 'i werthu fe."

"A dw i ddim yn prynu," atebodd. "Ma hwn i'r gwartheg."

Rhoddodd ddwy bunt ar y bwrdd a mynd. Roedd yr arian yn edrych fel aur, yn sgleinio yn y golau.

Edrychais ar Mam-gu wrth i'r gohebydd teledu fynd ati. "Chi sy bia'r fuwch ma, madam?" gofynnodd.

"Na, bach. Buwch Duw yw hi."

"Na. Beth o'n i'n 'i feddwl o'dd—"

"Tria beth o hwn." Gwthiodd Mam-gu gaws at y gohebydd a doedd yntau ddim yn gwybod beth i'w ddweud. Yna fe glywais i sŵn clic uchel a llais yn dweud, "*Alla i gael eich sylw chi, plis ...*" Roedd plismon yn dal megaffon. "*Dyw'r gwartheg hyn ddim i fod ar y tir cyhoeddus hwn ...*"

Roedd Mr Thomas a Kate yn sefyll wrth ochr y plismon. Rywsut, roedd hi'n ymddangos yn llai, fel pe bai wedi troi'n chwaer fach ddychmygol Kate. Syllodd ar yr holl bobl a phan welodd hi fi teimlais fy mol yn neidio. Beth oedd hi'n meddwl ohonon ni gyd, tybed.

"*Cafodd y gwartheg hyn eu symud o'u fferm heb y dogfennau cywir. Felly trwy orchymyn Adran yr Amgylchfyd mae'n rhaid eu harchwilio,*" meddai'r plismon. "*Dy'n ni ddim eisiau unrhyw ffwdan, jyst gadewch i arolygwr Defra wneud ei waith a gwirio nhw i gyd.*"

Roedd y dyn o Defra yn gwisgo welis ac roedd ganddo glipfwrdd yn ei law. Trodd at dad Kate.

"Chi bia nhw?"

Nodiodd Mr Thomas.

Y fuwch agosaf at yr arolygydd oedd Donna. Roedd hi'n edrych yn nerfus a dw i ddim yn ei beio hi.

"Dw i'n edrych ar 'i hôl hi," meddai Geraint wrth y dyn o Defra. "Ma hi'n iawn."

"Ma isie i fi archwilio'r fuwch 'ma," meddai, ond safodd Geraint yn ei ffordd.

"Paid mynd â hi oddi arna i," ymbiliodd.

Galwodd Mam-gu arno a symudodd Geraint yn

anfodlon i un ochr. Gwiriodd y dyn o Defra'r label ar glust y fuwch a thicio ei glipfwrdd.

"Pa fath o fwyd ti wedi bod yn 'i roi iddi?" gofynnodd i Geraint.

"Gwair. Des i â hi fan hyn y diwrnod o'r bla'n i ystwytho'i choese hi a'i bwydo hi."

Cyffyrddodd y dyn o Defra â chadair Donna. Brefodd hi. "Ma hi i weld yn iawn," meddai.

"'Na beth wedes i," mynnodd Geraint.

Gwylion ni gyd mewn tawelwch wrth i'r dyn o Defra archwilio gweddill y gwartheg. Syllodd y gofalwyr arno wrth iddo fynd o un i'r llall. Yn y diwedd aeth at Mr Thomas a chael gair gydag e.

"Co ni off," meddai Mam-gu. "Yr eiliad bwysig."

Aeth Mr Thomas at yr heddwas a chodi'r megaffon.

"*Cafodd y gwartheg hyn eu cymryd o fy fferm i heb ganiatâd …*" Roedd ei lais yn atseinio o gwmpas y comin. "*Roeddech chi gyd yn gwybod hynny pan gymeroch chi nhw. Mae'r heddlu yn dweud y galla i fynd â chi i'r llys …*"

Aeth sibrydion drwy'r dorf.

"*Dy'n nhw ddim wedi cael niwed, ond chi aeth â nhw, a gallwch chi ddod â nhw 'nol. Felly dyma'r cynnig: Os gyrhaeddan nhw i gyd fy fferm i erbyn diwedd y dydd, wna i ddim mynd â'r mater ymhellach.*"

Rhoddodd y megaffon 'nôl i'r heddwas. Wrth iddo

gerdded i ffwrdd, gwahanodd y dorf. Roedd y fersiwn llai o Kate yn dal i sefyll yna ar ei phen ei hun, a'r cwbl y gallech chi ei glywed oedd sŵn y gwartheg yn tynnu ac yn cnoi'r gwair.

PEDWAR DEG DAU

Roedd pobl yn sibrwd wrth i mi gerdded tuag at Kate. Doeddwn i ddim yn gwybod beth roedd hi'n mynd i'w ddweud – efallai y byddai hi'n grac ac yn fy meio i. Edrychodd hi o'i chwmpas fel petai hi'n ceisio dyfalu pam fod gymaint o bobl ar y comin.

"Sori, Kate," dywedais. "Fy syniad i oedd hyn i gyd a fi ddywedodd wrth y papurau."

"Ife?" meddai'n drist. "Dw i'n falch bod y cwbl drosodd, a bod yn onest."

"Oedd dy dad yn ei feddwl e neithiwr ynglŷn â'r gwartheg yn mynd i'r lladd-dy?" gofynnais iddi.

"Dw i ddim yn gwbod. Mae'n rhaid iddo ddod o

217

hyd i brynwr newydd, neu fynd â nhw i'r farchnad, ac mae hynny'n meddwl mwy o amser ac arian."

Daeth Mam-gu draw aton ni gyda Mam, oedd â'i braich o gwmpas Darren.

"Sori, Kate," meddai. "Mae'n dangos eich bod yn gallu gwneud penderfyniadau gwael hyd yn oed pan y'ch chi fy oedran i."

"Mae'n ocê, Lilly," meddai Kate. "Fi ddechreuodd bethau."

Ymgasglodd gofalwyr y gwartheg o'n cwmpas ni. Roedden nhw i gyd yn drist.

"C'mon," meddai Mam-gu. "Do's dim pwynt osgoi gwneud rhywbeth sy'n mynd i ddigwydd ta beth. Mae digon o ddifrod wedi ei wneud. Ma angen i ni gael y gwartheg 'na 'nôl lan i Graig-y-nos."

"Dw i ddim eisiau rhoi hi 'nôl," meddai Geraint wrth iddo fwytho Donna.

"Na fi," meddai Mam-gu. "O'dd e'n syniad da, mynd â'r holl wartheg 'na ond o'dd beth nethon ni yn hollol anghywir a nawr ma rhaid i ni wynebu'r canlyniadau. O'dd hi'n lyfli i ga'l nhw gyd ar y comin a fi'n rhoi'r caws i bawb. O'dd e'n fy atgoffa i o'r gwylie o'n ni'n arfer eu ca'l fan hyn." Trodd at Kate. "Chi'n mynd i fynd â nhw gyd lan gyda'i gilydd?"

"Na. Chwech ar y tro, yr un peth ag ar y ffordd lawr."

"Cer â Jane lan gyda'r criw cynta, nei di?' dywedodd Mam-gu.

Edrychodd Jane i fyny a stopio cnoi am funud fel pe bai wedi clywed.

Cerddodd Mam-gu tuag ati. "Mae'n rhaid i fi ddweud hwyl fawr wrthot ti, Jane, cariad. Diolch am y llaeth, a diolch am fod yn gwmni i fi hefyd." Cusanodd Mam-gu hi ar ei phen. Roedd rhaid i fi ddal fy anadl rhag ofn i fi ddechrau crio.

"Arhosa gyda hi, Lilly," meddai Kate. "Ewn ni â hi'r ail waith. Hi oedd y cynta lawr, gad iddi fod yr ola lan."

Gwenodd Mam-gu.

Casglon ni chwe buwch at ei gilydd ac yna dechreuodd Kate, fi a Darren ar ein taith. Dechreuodd y bobl oedd wedi gofalu am y gwartheg ein dilyn ni.

Trodd Kate atyn nhw. "Mae'n iawn, allwn ni ymdopi."

"Ni eisie dod, bach," meddai Maria Bracchi. "Sdim byd arall gyda ni i'w wneud."

Gwyliodd pobl ni'n mynd â'r chwe buwch ar draws y stryd fawr ac ymlaen tuag at fynydd Craig-y-nos. Roedd e'n drist, fel gorymdaith mewn angladd. Arhosodd ceir i ni eu pasio. Wrth i ni agosáu at bont y rheilffordd, ffoniodd Mam-gu fi ar fy ffôn symudol.

"Beth sy'n bod, Mam-gu?"

"*Donna – ma rhywbeth yn bod arni.*"

"Beth ti'n meddwl?"

"*Sa i'n siŵr.*"

O'n i'n gallu clywed Donna yn brefu yn y cefndir, ond doedd hi ddim fel arfer yn gwneud llawer o sŵn. Pasiais y ffôn at Kate. Gwrandawodd hi ar Kate ac yna meddai, "Ocê. Wna i fynd 'nôl yna nawr." Trodd hi aton ni. "Mae angen i fi fynd 'nôl."

"Beth am y gwartheg?"

"Cer â nhw mewn i'r cae ger y bont, am nawr. Darren, ti'n gwbod ble."

Nodiodd.

"Fydda i ddim yn hir," meddai Kate. "Môr a mynydd am ddim byd, siŵr o fod."

Es i gyda hi, ond cyn hir aeth hi o fod yn cerdded i fod yn brasgamu.

220

PEDWAR
DEG TRI

Pan o'dd Donna'n brefu, nid y fref arferol oedd hi ond mwy o ochenaid.

Roedden nhw wedi mynd â hi 'nôl i iard Geraint. Cyffyrddodd Kate ym mol Donna a cherdded o'i chwmpas.

"Beth sy'n bod?" gofynnais.

"Mae hi'n rhy gynnar, ond dw i'n meddwl ei bod hi ar fin cael llo." Roedd Mam-gu'n edrych yn syfrdan. "Ond ma rhwbeth o'i le." Am y tro cyntaf erioed gwelais i ofn yn llygaid Kate.

Edrychodd hi arna i a dweud, "Ma angen Dad arna i."

221

Pan ffoniodd Kate ei thad roedd ei llais yn fach ac roedd hi'n swnio'n ofnus. O'n i'n meddwl y byddai Mr Thomas yn gwrthod dod ond ar ôl gorffen yr alwad dywedodd hi, "Mae e ar ei ffordd."

Roedd hi'n tywyllu ac roedd y newyddion bod Donna ar fin cael llo yn lledaenu. Roedd gan Geraint olau yn ei gegin ond doedd hynny ddim yn ddigon, felly daeth pobl â lampau ac ymgasglu yn yr iard. Roedd y golau'n gynnes a ches i fy atgoffa o lun o ŵyl y geni a welais un tro.

Bob tro roedd Donna'n brefu roeddem yn rhannu ei phoenau. Roedd e'n ofnadwy, felly chwaraeodd Karuna'r ffliwt er mwyn ein tawelu ni i gyd. Pan glywon ni dryc Mr Thomas yn dod lawr y lôn, aeth y tensiwn yn waeth. Cerddodd Mr Thomas mewn i'r iard. Safodd yno am funud, yn syllu arnon ni. Dyma lle roedden ni gyd yn sefyll o gwmpas Donna, buwch yr oedden ni wedi ei chymryd oddi wrtho, a hithau nawr mewn trwbl. Brefodd yn uchel fel pe bai'n dweud, "Siapwch hi!"

"Diolch am ddod," meddai Mam-gu.

Archwiliodd Mr Thomas Donna. Brefodd hi. "'Na ti." Aeth i'r tryc a dod 'nôl gyda rhywbeth plastig, hir. Rhoddodd e i Kate.

"Dad, sa i—"

"Dy wartheg di y'n nhw," meddai. "Golcha dy

ddwylo a ffinda mas beth sy'n bod." Trodd aton ni. "Bydd eisie mwy o wair arnon ni."

Aeth rhai o'r cymdogion allan ar ôl clywed hynny. Aeth Mr Thomas i'w dryc a dod 'nôl gyda thun o rywbeth a chwistrellodd ar ben-ôl Donna – disinfectant, meddai Mam-gu. Pan ddaeth Kate allan roedd hi'n gwisgo'r faneg blastig, hir oedd yn mynd reit i fyny at ei hysgwydd. Aeth hi at ben-ôl Donna.

"Cer mewn mor bell ag y galli di," meddai ei thad, "a dwed wrtha i beth ti'n gallu teimlo."

Ochneidiodd Donna wrth i Kate lithro ei braich mewn. Anadlais yn gyflym. Ar ôl rhai munudau dywedodd, "Dw i'n gallu teimlo troed."

"Ti'n gallu teimlo pen y llo?"

"Na."

"Ocê, tria dynnu'r droed o gwmpas. Paid poeni am ei brifo hi – neith e neud pethe'n haws."

O'n i'n gallu gweld Kate yn gwasgu ei dannedd yn dynn wrth iddi dynnu. Brefodd Donna.

"Dw wedi symud hi ychydig bach."

"Nawr tria eto i deimlo am y pen, neu drwyn y llo."

Gwgodd Kate wrth iddi estyn mewn. "Ma rhywbeth yna ... Ie, y pen."

O'n i mor nerfus. Roedd Mr Banerjee yn gweddïo. Edrychais ar Karuna. Gwenodd a gwneud i fi deimlo y byddai popeth yn iawn.

"Nawr mae'n rhaid i ti drio dod â'r pen rownd a chyffwrdd y goes arall."

Tynnodd Kate 'nôl ychydig a brefodd Donna.

Ceisiodd Geraint ei thawelu.

"Ocê, ma'r pen yn wynebu'r blaen."

"Nawr cer mor gyflym ag y galli di," meddai Mr Thomas. "Tria ddod o hyd i'r ysgwydd dde. Wedyn galli di dynnu'r goes rownd."

Estynnodd Kate a brefodd Donna yn uchel. "Alla i ddim."

"Gelli."

"Cymra di drosodd, Dad!"

"Na. Tria eto."

Gwingodd Kate wrth iddi estyn yn bellach. Brefodd Donna a brefodd Mam-gu gyda hi. Rhoddodd Mam ei braich o nghwmpas i a daliais ei llaw.

Ebychodd Kate. "Y ben-glin."

"Gwd. Sytha fe a thynnu hi rownd."

Caledodd Kate ei gên. Symudodd Donna a llithrodd Kate.

"Gan bwyll," meddai Mr Thomas wrth y fuwch.

Bellach roedd Kate yn sefyll ar flaenau ei thraed ac roedd ei choesau yn crynu.

Dechreuodd Donna frefu yn barhaus.

"Gwna'n siŵr nad yw'r pen yn llithro 'nôl," meddai Mr Thomas. "Dyle fe fod rhwng y ddau garn."

Roedd Kate yn edrych yn benderfynol. Roedd ei hwyneb yn goch gan ymdrech wrth iddi dynnu. Yna daeth ei llaw hi allan yn dal dau garn.

"Neith Donna gymryd drosodd, Kate," meddai ei thad. "Gad hi i fynd." Safodd Kate yn ôl. Ffroenodd Donna. Yna gwelais y trwyn – trwyn llo bach – ac o'n i methu stopio fy hun rhag crio. Gwthiodd Donna unwaith eto, ac roedd pen y llo yn hongian lawr yn llipa. Rhoddais fy mraich o gwmpas Darren oedd hefyd yn ei ddagrau. Yna, daeth y llo allan a disgyn ar wely o wellt.

"Da iawn!" meddai Geraint yn falch.

Anadlais o'r diwedd.

Roedd llo Donna wedi ei orchuddio mewn gwaed a llysnafedd. Aeth Mr Thomas ar ei gwrcwd a'i rwbio – doedd e ddim yn anadlu.

Penliniodd Kate wrth ei ochr. Heb air gan neb, cododd pen y llo, agor ei geg a chwythu mewn iddi. Dim byd.

Triodd hi eto a gwelais i fol y llo yn symud.

Daeth sŵn ffroeni a llefodd y llo. Roedd e'n swnio mwy fel oen bach.

Gwylion ni gyd mewn tawelwch wrth iddo geisio codi. Roedden ni gyd eisiau ei weld yn sefyll, roedd e mor fregus – ei goesau'n edrych fel eu bod nhw'n mynd i dorri yn hanner. Baglodd a cheisio codi eto.

Siglodd a syrthio eto.

Pan gododd yn y diwedd cymerodd ddau gam, codi ei ben a dechrau sugno llaeth wrth Donna. Daeth sŵn "o" ac "a" wrth bob un ohonom wrth i Donna ddechrau ei lyfu'n lân. Roedd gan bawb ddagrau yn eu llygaid, hyd yn oed Roger.

"Diolch, Dad," meddai Kate. "Allen i ddim fod wedi ei wneud e hebddo ti."

Roedd Mr Thomas i'w weld yn anghyffyrddus, fel pe bai wedi anghofio ein bod ni yna.

PEDWAR DEG PEDWAR

Wrth i ni aros i Kate ymolchi, roedd Mr Thomas yn sefyll yng nghegin Mam-gu gyda'i freichiau wedi eu plethu.

"Beth am y llo?" gofynnodd Mam-gu wrth iddi wneud te. "Beth sy rhaid i ni neud?"

"Neith Donna edrych ar ei ôl," meddai. "Ma hi wedi ei wneud e o'r blaen. Ond bydd eisiau bwyd arno. Wna i ddod â pheth draw fory."

"Ond ... nag wyt ti eisiau nhw lan yn y fferm?"

"Dyw hi ddim yr amser gorau i fod yn symud buwch a'i llo. Gwell eu bod nhw'n aros fan hyn am nawr. Ond ddim yr holl wartheg," ychwanegodd yn chwyrn. "Dim ond y fuwch a'r llo."

Daeth cnoc ar y drws. Fe'i hagorais a gweld Kerry yno. Cerddodd hi mewn wrth i Kate ddod lawr y grisiau. "Popeth yn iawn?" gofynnodd.

"Nath hi'n iawn," meddai Mr Thomas.

"Do, o'dd Donna'n grêt," meddai Kate. "Mor amyneddgar."

"Ti o'n i'n meddwl," meddai ei thad. "Dw i mor falch ohonot ti."

Daeth dagrau i lygaid Kate yn sydyn. "Sori, Dad. Sori nes i gyment o fes o bopeth. Dw i ddim yn gwbod pam ..."

Cofleidiodd Kerry hi. Roedden ni'n teimlo fel na ddylen ni fod yna'n eu gwylio nhw.

Eisteddodd Mr Thomas wrth y bwrdd gydag ochenaid. "O, o'dd e'n fes yn barod, Kate. O'dd dy dad-cu di yn iawn, dyw ffermio ddim i fi. Dylen i fod wedi neud rhywbeth amdano fe sbel yn ôl."

"Wedodd e 'nny, Dad," meddai Kate. "Ond nid dyna i gyd ..."

"Wedodd e ddim byd o'n i ddim yn 'i wbod yn barod."

"Na. Wedodd e hefyd wrth Mam-gu bo ti'n gallu plygu pren gyda dy ddwylo, a bod dwylo gwyrdd gyda ti. Wedodd e byddet ti'n neud saer da iawn neu arddwr gwych."

"Pam na wedodd e 'nny wrtha i," meddai Mr Thomas dan ei anadl.

"Wedes i ddim y gwir i gyd wrthot ti, ar bwrpas," meddai Kate. "O'n i'n grac."

"Licen i tasen i'n ffermwr go iawn fel Mostyn," meddai. "Yn trio bod yn well."

"Nid dyna beth dw i eisiau," meddai Kate.

"Na fi," meddai Kerry.

"Weda i beth oedd yn rhyfedd," meddai Mr Thomas. "Gweld y gwartheg 'na ar Gomin y Mawr. Nath e neud i fi gofio rhywbeth – fi'n mynd â'r gwartheg lawr 'na pan o'n i'n fach, gyda nhad. Adeiladon nhw stad y Mawr wedyn a doedd hi ddim yn saff i ddod â nhw yno wedyn."

"Y da!" meddai Kate. "Anghofies i. Naethon ni fynd â chwech at y cae ar bwys y draffordd."

"Daethon nhw â nhw 'nôl," meddai Mam-gu. "Pan sylweddolon nhw fod Donna yn mynd i ga'l llo benderfynon nhw na allen nhw adael y gwartheg yno dros nos. Sori, Mr Thomas, nawn ni fynd â nhw i gyd lan i chi fory."

"Wel, does dim byd wedi newid," meddai. "Ma dal rhaid i fi werthu'r deuddeg buwch 'na."

"Tair ar ddeg nawr," meddai Mam-gu.

"Ie, tair ar ddeg. Allen i fynd â nhw i'r farchnad gwartheg byw, ond ma jyst y gost o fynd â nhw yn uchel … allen i fynd i weld Mostyn â nghap yn fy llaw a gofyn iddo fe ailystyried; ond ro'dd e'n eitha crac â fi, fel gallwch chi ddychmygu."

Meddyliais am fy sgwrs i gyda Mostyn – o'n i siŵr o fod wedi difetha unrhyw siawns o'i gael e i newid ei feddwl.

"Faint o arian sy angen i brynu nhw?" gofynnodd Mam-gu.

"O, lot. Miloedd. Chi'n gweld, o'dd tua wyth o'r gwartheg yna yn mynd i dalu'r ddyled sy arna i iddo fe. Felly sdim lot o ddewis 'da fi."

"Allwn ni gadw nhw tan ddiwedd yr wythnos?" O'n i wedi siarad cyn meddwl. Roedd pawb yn edrych arna i.

"Unrhyw reswm penodol?" gofynnodd Mr Thomas.

"Rhwbeth wedest di am yr ŵyl, Mam-gu."

"Beth amdani?"

"Wel, pam na gewn ni un? Parti i ddweud hwyl fawr wrth y gwartheg."

Gwenodd Mam-gu arna i. Roedd hi i'w gweld yn methu meddwl am unrhyw beth i'w ddweud am eiliad ac yna trodd at dad Kate. "Does dim hawl gyda ni ofyn am unrhyw beth wrthot ti, Mr Thomas, ar ôl beth ni wedi ei wneud, ond dw i'n credu ei fod yn syniad ardderchog … gŵyl go iawn gyda stondinau, tombola, raffl … fel yn amser dy dad. Bydd yn ffarwél da iddyn nhw."

Ochneidiodd Mr Thomas. "Dw i'n siŵr fod fy nhad yn eich hoffi chi."

"O, nath e ddim sylwi arna i," meddai Mam-gu. "Ond fe wna i gyfadde rhywbeth – o'n i'n 'i ffansïo fe'n fawr iawn. Gadwes i lygad ar beth o'dd e'n neud ar ôl y rhyfel a weles i fe unwaith. O'n i braidd yn gallu siarad. Fis neu ddau wedyn glywais i ei fod wedi priodi a dorrais i nghalon. A do'dd e ddim hyd yn oed yn sylweddoli 'nny." Gwenodd Mam-gu.

"Beth os wna i fynd i siarad gyda Don Mostyn fy hunan?" meddai hi wrth Mr Thomas. "Chi byth yn gwbod ... os weda i wrtho fe ..."

"Mam-gu. Dw i wedi trio'n barod."

"Pryd? Wedest ti ddim."

"Ddoe. Dim ond arian sy ar ei feddwl e. Nes i bethau'n waeth, siŵr o fod. Alwes i fe'n 'Mostyn Mên'. Sori."

"O, Gemma," meddai Mam-gu. "Dylet ti ddim fod wedi neud 'nny."

Chwarddodd rhywun. Roedd Mr Thomas yn gwenu arna i.

Roedd i'w weld yn wahanol – yn hapusach ac yn fwy caredig. Edrychais ar Kate, oedd yn gwenu arna i hefyd. Roedd ganddi wên hyfryd.

PEDWAR DEG PUMP

"Beth yw gŵyl, Mam?"

O'n i mor falch bod Darren wedi gofyn achos doeddwn i ddim yn siŵr chwaith. Roedden ni yn y stafell fyw yn cynllunio – roedd pawb yn gyffrous am y syniad.

"Wel, mae'n barti, mewn ffordd," meddai Mam. "Pawb yn mwynhau diwrnod da tu fas gyda stondinau a gemau. Dw i'n cofio un gethon ni ar y comin, fel wedodd dy fam-gu."

"Pam nath e ddod i ben?" gofynnais.

"Dyw'r Mawr ddim fel o'dd e," meddai.

"Beth os neith hi fwrw glaw?"

"Falle alla i ga'l *marquee* o'r gwaith."

"Beth?" gofynnodd Darren.

"Pabell fawr. Allen ni ga'l y stondine tu fewn os oes angen."

Canodd fy ffôn. Kate oedd yna.

"Ti'n iawn?"

"*Alli di ddod i Gaerdydd gyda fi?*" gofynnodd hi.

"Mam, mae Kate eisiau i fi fynd i Gaerdydd gyda hi."

"I beth?"

"I beth?" gofynnais i Kate.

"*Weda i pan wela i di. Ma fe'n bwysig.*"

Talodd Kate am fy nhocyn. A dyna lle roeddwn i, yn eistedd wrth ei hochr hi ar y bws. O'n i'n falch ei bod hi wedi gofyn i fi, ond roedd Kate yn edrych allan drwy'r ffenest fel pe bawn i ddim yna. Roedd hi'n edrych yn nerfus.

"Mae Karuna a Mr Banerjee yn trefnu rhywbeth Hindu ar gyfer yr ŵyl," dywedais i dorri ar y tawelwch. "Sa i'n cofio'r enw arno fe, ond mae'n dathlu'r gwanwyn mae'n debyg. Bydd tombola – sydd fel raffl – ma Polly, Mrs Evans a Mave Rubens yn neud e. Ma Mrs Oleski a Mrs Choudary yn neud cacennau a diodydd twym ac ma Roger yn neud y gerddoriaeth. Mae Mam yn mynd i drio sortio *marquee* ... pabell fawr..." O'n i'n parablu a siŵr o fod yn mynd ar ei nerfau hi. Do'n i ddim yn gallu diodde peidio gwybod felly gofynnais, "Pam ydyn ni'n mynd i Gaerdydd?"

"I weld Mr Phillips."

"O... pwy yw e?"

"Y dyn o Defra o'dd yn edrych ar y gwartheg. O'n i'n meddwl y galle fe helpu fi gyda hwn." Rhoddodd hi ddarn i bapur i fi yr oedd hi wedi ei argraffu oddi ar y we. Roedd e'n sôn am blant yn ymweld â ffermydd ac yn dysgu am wartheg, moch a phopeth.

"Edrych yn dda," dywedais, er nad oeddwn yn gwybod beth oedd ganddo i'w wneud â'n gwartheg ni.

"Ma Dad yn poeni am beth i'w neud," meddai Kate.

"Ond fe geith e'r gwartheg 'nôl ar ôl yr ŵyl," dywedais.

"Nid 'na'r pwynt. Ma fe'n teimlo'n wael am gymryd y gwartheg oddi ar bawb."

"Ond ei wartheg e y'n nhw."

"Wedes i 'nny. Ond mae e'n ypset amdano fe nawr a mai i yw hwnna. Wedes i taw bai Mostyn o'dd e yn rhoi pwyse arno fe, ond o'n i'n gwbod taw nage 'na beth o'dd e. Do'dd dim ffordd mas. Ma Dad wir moyn neud beth sy'n iawn. A ma popeth yn wa'th achos beth nes i …"

Pan weles i'r dagrau rhoddais fy llaw ar ei hysgwydd. "Gwranda. Awn ni i weld Phillips Clipfwrdd. Os nag yw e'n fodlon helpu … nawn ni falu 'i swyddfa e …"

Edrychodd Kate yn syn arna i.

"Jôc."

"Nawn ni ddweud bod ni'n mynd at y papurau …"

"Ie, Kate! Awn ni at y papurau a dweud wrthyn nhw am yr ŵyl a dechre ymgyrch fel ti'n gweld ar y teledu weithie. Ni moyn y gwartheg ar gyfer y Bryn Mawr …" Edrychais ar y darn papur. "… fel y gall plant o ddinasoedd ddeall am amgylchedd cynaliadwy a chyfraniad gwerthfawr ffermio a gwartheg byw …"

Gwenodd Kate. Perffaith.

Pan gyrhaeddon ni Gaerdydd gerddon ni tan i ni gyrraedd adeilad oedd yn edrych fel swyddfa.

"Hwn yw e?" gofynnais.

Nodiodd – roedd hi'n nerfus.

"Dere 'te," dywedais a mynd drwy'r drws.

Roedd dwy fenyw tu ôl i gownter hir. Roedd un yn brysur ac edrychodd y llall arnon ni a dweud, "Alla i eich helpu?"

"Hoffen ni weld Mr Phillips," meddai Kate.

"Oes apwyntiad 'da chi?"

"Na."

"A pwy y'ch chi?"

"Kate Thomas."

"A Gemma Matthews," ychwanegais gan wthio fy ngwallt tu ôl i fy nghlust. Byddai briffces neu rywbeth wedi edrych yn dda.

"Pam ydych chi eisiau ei weld e?"

"Am Ddwsin Bryn Mawr," dywedais.

"Y beth?"

"Y gwartheg ar y Bryn Mawr."

Gwenodd. "O ie."

Edrychais ar Kate a gwenu.

"Mr Phillips?" meddai'r fenyw ar y ffôn. "Mae Kate Thomas a Gemma Matthews yma i chi ... Na. Yma yn y dderbynfa." Saib. "Gwartheg y Bryn Mawr ..." Saib arall. "Iawn." Rhoddodd y ffôn i lawr. "Bydd rhywun 'ma nawr."

"Diolch yn fawr," dywedais wrthi yn hyderus.

Eisteddais gyda Kate ar gadeiriau lledr gwichlyd yn aros. Ceisiais ddysgu'r geiriau ar y daflen roddodd Kate i fi gan o'n i'n teimlo efallai y bydden nhw'n ddefnyddiol. Yna sylwais ar staen iogwrt ar dop fy nhracwisg ers amser brecwast. O'n i'n ceisio ei rwbio i ffwrdd pan ddaeth menyw aton ni.

"Kate a Gemma? Wnewch chi ddilyn fi?"

Aeth hi â ni lawr coridorau a thrwy'r swyddfa fawr yma gyda phobl wrth gyfrifiaduron. Edrychon nhw arna i a Kate wrth i ni basio. Ceisiais edrych fel petawn i'n bwysig ond ar yr un pryd o'n i'n dyfaru gwisgo'r jîns a thop tracwisg gyda'r staen iogwrt arno.

Aethon ni mewn i swyddfa fach a dyna lle roedd Mr Phillips, y dyn o Defra, ond doedd e ddim yn gwisgo ei welis.

Gofynnodd y fenyw "Hoffech chi gwpanaid o de?"

"Plis," dywedais wrthi cyn i Kate ddweud, "Dim diolch."

Felly dywedais i, "Na, ma'n iawn." Pesychais a chroesi fy nghoesau.

"Reit," meddai Mr Phillips. "Am beth mae hyn?" Wnaeth e ddim gwenu. Dechrau gwael.

"Ry'n ni eisiau dechrau fferm ddinesig ar y Bryn Mawr," meddai Kate.

Edrychodd e arnon ni fel tasen ni wedi dweud rhywbeth mochaidd. Agorodd ei geg i siarad.

"Fel y gall plant o ddinasoedd ddeall diwylliant ac amaethyddiaeth …" dywedais, ond roedd golwg ddryslyd arno fe. "Fel gall plant ddysgu am anifeiliaid a ffermio."

Nodiodd Mr Phillips yn araf. "Ond dw i ddim yn

gweld sut galla i helpu."

Sefais. "Reit! Awn ni at y papurau 'te." Ciciodd Kate fi ac o'n i'n gwbod mod i wedi rhoi nhroed ynddi.

PEDWAR DEG
CHWECH

O'n i'n teimlo'n ofnadwy ar y bws yn mynd 'nôl. "Sori, Kate."

"Mae'n iawn – o'dd e ddim yn mynd i'n helpu ni ta beth."

"Pam na awn ni i weld Mostyn eto?" awgrymais.

Ysgydwodd Kate ei phen. "Na. Dw i ddim isie neud pethe'n wa'th."

Canodd fy ffôn. Mam oedd yna. "Hia."

"*Jyst moyn i ti wbod bod dy dad gartre.*"

"Nawr?"

"*Ydy. Cofia beth wedes i – dw i moyn i bethe fod yn rhwydd, Gemma. Ocê?*"

"Iawn, Mam." Cyn gorffen yr alwad dywedes i, "Pob lwc."

"Beth sy'n bod?" gofynnodd Kate.

"Ma Dad gartre."

"Am byth?"

"Jyst am y penwythnos. Bydd e yn yr ŵyl – gei di weld e."

"Sa i'n credu mod i isie mynd i'r ŵyl."

"Pam?"

"Sori, Gemma. Wy'n gwbod bo ti, Lilly a phawb yn mynd i drafferth i drefnu fe i gyd … ond yr holl bobl a'r holl dda, dw i jyst …"

"Mae'n ocê. Wy'n dechre difaru sôn am y peth nawr."

"Na, ma'n syniad da."

"Na, wir. O'n i'n meddwl, ni'n mynd i ga'l parti mawr ac wedyn bydd y gwartheg wedi mynd ac eith pethe 'nôl i fel o'n nhw ar y Mawr. Beth sy i'w ddathlu? Bydd e'n gwmws fel o'dd e. Sa i moyn 'nny. Sneb moyn 'nny."

Ro'dd y ddwy ohonon ni'n dawel am weddill y siwrne.

Roedd Dad yn eistedd yn y stafell fyw pan gyrhaeddes i adre, a Darren yn eistedd wrth ei ochr yn wên o glust i glust.

"Ti'n iawn, Gemma?" meddai Dad wrth godi a rhoi

cwtsh i fi. Roedd e i'w weld yn nerfus, fel pe bai'n poeni y bydden i'n dechrau gweiddi arno eto.

"Ydw. Iawn," atebais.

"Hei! Ble ma Tom Jones?" Ro'dd e'n pwyntio at y cwpwrdd.

O'n i wedi anghofio am yr ornament wnaethon ni dorri. Edrychais ar Mam a Darren. "Sori," dywedais. "Nath e—"

"Gnoces i e drosto pan o'n i'n dwsto," meddai Mam yn gyflym. "Sori." Winciodd hi arna i.

"O, wel. Sdim ots," meddai Dad yn dawel wrth syllu ar y fan lle arferai'r ornament sefyll.

"Darren, dere i helpu," meddai Mam gan gerdded i'r gegin.

Dw i'n meddwl iddi adael fi gyda Dad ar bwrpas.

"Mae'n neis bod mas," meddai. "A bod gartre."

Eisteddodd wrth y bwrdd. "Wel, wel ... gwartheg ar y Mawr."

O'n i'n dal i sefyll ac yn teimlo braidd yn lletchwith. "Ddim am lawer yn hirach."

"Beth nesa, e? Eliffantod?" Doedd ei chwerthiniad ddim yn swnio'n naturiol.

"Ni'n ca'l gŵyl fory."

"Ie. Glywes i taw dy syniad di o'dd e."

"Helpodd Mam fi, a Mam-gu a Darren. A Mr Banerjee a Karuna hefyd." O'n i'n aros am ymateb.

"Bydd gŵyl Hindŵaidd – Holi – 'na 'i enw hi! Dyna beth nath Mr Banerjee ei galw hi."

"Grêt. Glywest di 'na, cariad?" gwaeddodd at y gegin. "Holi a ci ci. A holi a cw cw." Canodd.

"Dad – dyw hwnna ddim yn ddoniol."

Daeth Mam at y drws gyda Darren. "Ti'n mynd i fynd, Rob? Bydd lot o siarad, elli di fentro."

"Wna i aros fan hyn os bydd pethe'n lletchwith i ti."

"Sdim ots 'da fi," meddai Mam. "Beth amdanat ti, Darren?"

"Wna i ladd unrhyw un sy'n dweud unrhyw beth cas."

"Gemma?" gofynnodd Dad. "Dy barti di yw e."

Taflais gipolwg at Mam. Cofiais ei bod wedi dweud ei bod wastad yn y tŷ ac o'n i eisiau iddi fwynhau cwmni Dad. "Ma rhaid i ti wynebu nhw ryw dro, Dad," dywedais.

"Ti'n iawn. Pam ddylen i gwato? Ddof i mas i wynebu pawb."

Fel y gwartheg, meddyliais, cyn iddyn nhw ga'l eu cymryd i ffwrdd.

"Gemma." Daeth Darren ata i yn edrych yn ddifrifol iawn. "Dw i 'di ffindo mas pwy nath e, Gem – pwy ymosododd ar Karuna."

"Pwy?"

"Y brodyr Tobin. Glywes i nhw'n dweud wrth rywun amdano fe."

"Ddylen i ddweud wrth yr heddlu, Mam?" dywedais.

"Dylen." Aeth hi at y ffôn.

Safodd Dad. "Beth ti'n neud?"

"Ymosododd rhywun ar Karuna, Robbie," meddai Mam. "Reit drws nes i dŷ Mam-gu."

"Gwranda. Sdim un mab i fi'n mynd i gario clecs."

Trodd Mam arno. "Beth! Ife 'na beth ddysgest di yn y jael, Robbie? Mae'n iawn i weld rhywun yn cael crasfa a gadel pethe i fod? Edrych bant, ife? Gadel i bethe fynd mlân a mlân am byth?"

Aeth wyneb Dad yn goch. "Beth sy'n bod arnoch chi i gyd?" meddai. "Dw i'n dod adre a chi'n siarad am wartheg a cha'l gŵyl posh a … cario clecs ar rywun, jyst achos bod nhw drws nesa …"

"PAID NEUD i BETHE FYND 'NÔL FEL OEDDEN NHW, DAD!"

Llenwodd fy llais y stafell fel rhu llew.

"Paid neud i bethe fynd 'nôl fel oedden nhw, Dad, plis. Ma pethe'n grêt nawr, wir." Edrychais ar Mam a Darren. "*Ni* wrth ein bodd. Os ti isie i bethe fynd 'nôl fel o'n nhw …" dechreuais grio, "… man a man i ti fynd 'nôl i'r jael."

Rhedais lan llofft.

O'n i'n gorwedd ar y gwely yn y tywyllwch pan ddaeth cnoc ar y drws.

"Ddim nawr, Dad," dywedais. "Gad fi i fod, plis."

"Fi sy 'ma, Gemma," meddai Darren. "Alla i ddod mewn?" Dyna oedd y tro cynta iddo ofyn erioed.

Yna daeth e mewn yn dawel ac eistedd ar waelod fy ngwely. "Mae Mam wedi galw'r heddlu," meddai. "Ma nhw'n dod i ofyn cwestiynau i fi."

Eisteddais i fyny. "Gwd."

"Dw i'n poeni, Gem. Sa i isie cario clecs."

"Beth yw cario clecs, Darren?"

"Ti'n gwbod – pan fod rhywun yn dweud storis cas am bobl."

"A pam ei fod e'n ddrwg?"

Cododd ei ysgwyddau. "Ma fe jyst yn ddrwg. Do's neb yn hoffi rhywun sy'n cario clecs."

"Darren, beth os bydde'r brodyr Tobin wedi ymosod arna i? Neu Mam? Neu Mam-gu? Beth wedyn?"

"Ond ..."

"Ond mae'n iawn iddyn nhw ymosod ar rywun arall, ydy e?"

Ochneidiodd. "Na. Wrth gwrs nag yw e, ond beth os bydd pawb yn dweud bo fi'n cario clecs?"

"Sdim ots. Achos byddi di wedi neud y peth iawn."

Rhoddais fy mraich o gwmpas ei ysgwydd. "Os neith unrhyw un gyffwrdd ynddot ti, Darren, ma rhaid i ti addo dweud wrtha i, ocê?"

Cytunodd. "Beth fyddet ti'n neud, Gem?"

"Dweud wrthyn nhw bod ti 'di neud y peth iawn. Wedyn bydden i'n anfon Kate draw."

Gwenodd.

"Beth ma Dad yn neud?"

"Ma fe'n dawel. Dere lawr llawr, Gem. Dw i isie ti yna pan ddaw'r heddlu."

Ro'dd fy mrawd yn gofyn i fi fod gyda fe – ar ôl hynny doedd dim byd yn mynd i roi sioc i fi.

"Dere 'te."

PEDWAR DEG SAITH

Godon ni gyd yn gynnar gan fod gymaint i'w wneud.

Doedd Dad ddim lawr, gan ei fod eisiau cysgu mewn, ond a bod yn onest o'n i'n falch ei fod wedi aros yn y gwely am fy mod eisiau canolbwyntio ar yr ŵyl a phopeth. Roedd ffonau Mam a fi'n canu'n ddi-baid. Yna dywedodd Mam, "Reit! Ni'n mynd i eistedd a cha'l brecwast iawn achos ma angen egni arnon ni. Dw i'n rhoi'r ffonau hyn yn yr oergell fel y gallwn ni ga'l llonydd."

Fe wnaeth hi hefyd. Chwarddodd Darren a fi. Wrth i ni fynd â'r llestri brecwast drwodd ges i syniad rhyfedd. O'n i'n cario carton o laeth ac wrth i fi ei roi ar y bwrdd, dywedais, "Mam, faint o laeth ydyn ni'n

246

ei ddefnyddio mewn diwrnod?"

"Un o rheina yn hawdd," atebodd.

Wrth i fi arllwys y llaeth yn fy mowlen, o'n i'n meddwl bod litr yn llawer rhwng Darren, Mam a fi.

"Ti'n credu allen ni neud heb laeth, Mam?"

"O Gemma! Dere, dyw dropyn o laeth ddim yn mynd i …"

"Na, Mam. O'n i ddim yn cael go. Ond bydde hi'n anodd i ni gyd, on' bydde hi? Dim brecwast na phaneidiau o de na choffi, dim llaeth i goginio."

"Wel, ma rhai yn defnyddio llaeth soya," meddai hi.

"Ych a fi," meddai Darren. "Dw i eisiau llaeth iawn."

"Dw i ddim yn dweud na ddylen ni ga'l llath."

Dw i ddim yn gwbod pam mod i'n teimlo'n ypset yn sydyn iawn, ond do'n i ddim yn gallu cael y syniad o laeth allan o mhen. Roedd e'n rhyfedd.

"Beth sy'n bod?" gofynnodd Mam.

"*Dw i'n caru llaeth,*" dywedais drwy'r megaffon.

Roedd y *marquee* o fy mlaen i. O'dd e'n ddigon mawr i gynnwys yr holl stondinau, fel y gallai pobl fynd mewn ac allan yn ôl eu dewis. Roedd llwyth o bobl yno. Yng nghanol y comin roedd y tair ar ddeg o wartheg. Llo bach Donna oedd seren y sioe ac mi oedd yn hollol annwyl. Tawelodd y gerddoriaeth ac roedd pawb yn sefyll yn stond wrth i Mam-gu siarad gyda nhw drwy'r megaffon.

Pan basiodd hi'r megaffon ata i, o'n i mor nerfus.

Cymerais anadl ddofn. *"Dw i'n caru llaeth…"* dywedais eto. *"Ges i laeth bore 'ma. A fy mrawd a fy mam a nhad…"* O'n i'n swnio'n wirion, ond do'n i ddim yn gallu stopio nawr. Gwenodd Mam arna i mewn anogaeth. *"Eisteddais yno yn meddwl am laeth. Byddai gan bawb ar y Mawr laeth ar eu bwrdd, fel fi. Byddai gan yr archfarchnadoedd eu silffoedd yn llawn cartons o laeth – o feintiau gwahanol. Mae dwy archfarchnad ar y Mawr yn unig, yn ogystal â'r holl siopau sy'n gwerthu llaeth. Ac mae'n debyg bod y llaeth yn y cartons wedi dod o'r fuwch ddau ddiwrnod yn unig cyn hynny. Faint o gartons o laeth sy yng Nghymru ar hyn o bryd tybed? Mewn siopau ac oergelloedd gartref – a faint trwy Brydain? Miliynau a miliynau, siŵr o fod. Dywedodd Kate wrtha i fod ffermwyr fel Mr Thomas dim ond yn cael traean o'r pris ni'n ei dalu am litr. Dim llawer, wir. Mae'n rhad, yn enwedig pan feddyliwch chi beth allwch chi ei wneud â llaeth. Ond y gwir yw, mae'r holl laeth yn y byd i gyd yn dod wrth wartheg fel Jane. Miliynau o wartheg yn rhoi miliynau o litrau o laeth jyst ar ein cyfer ni…"*

Syllon nhw arna i mewn tawelwch.

"Pan edryches i ar y carton yna o laeth bore 'ma feddylies i am y gwartheg … Do's dim syniad gyda nhw faint ni angen eu llaeth nhw, a'r cwbl ma nhw isie yw gwair. Ma'r peth yn hurt pan feddyliwch chi amdano fe. Ma gwair ym mhobman. Ni'n sefyll arno fe nawr ac fel wedodd fy

*mrawd i Darren, chi'n rhoi gwair yn un pen o'r fuwch a
ma llaeth yn dod mas o'r pen arall. Mae e fel hud a lledrith.
Hud a lledrith yw e! Ta beth, dywedais wrth Mam amser
brecwast heddi, a dywedodd hi wrth Mam-gu a gofynnodd
hi i fi ddweud wrthoch chi gyd ..."*

Roedd pawb yn edrych arna i, fel pe bydden nhw'n
aros am uchafbwynt y stori, ond dyna hi. Dyna oedd
y cwbl nes i feddwl amdano wrth y bwrdd brecwast.
Rhoddais i'r megaffon yn ôl i Mam-gu a dechreuodd
pawb gymeradwyo. O'n i'n teimlo cywilydd, ond o'n
i'n falch ar yr un pryd. Gwelais i Mam yn gwenu ac yna
sylwais ar Dad wrth ei hochr. Roedd hi'n od ei weld e
yna. Falle achos nad o'n i wedi ei weld e tu allan i'r jael
ers ache. Dyna lle roedd e yn sefyll yng nghanol y bobl
i gyd, yn gwenu arna i ond yn edrych ar goll.

Es i draw ato. "Hia, Dad!" dywedais mor hwyliog
ag y gallwn i.

"Areth dda ferch," meddai. "Dw i mor browd
ohonot ti."

"Ti 'di blasu caws Mam-gu eto?"

"Na."

"Dere 'te."

Es i â fe draw at Mam-gu yn y babell, lle roedd
llwyth o bobl yn blasu ei chaws hi a'i menyn. "Croeso
gartre, Robbie," meddai.

"Diolch, Lilly."

"Helô, Robbie!" meddai Roger. "Ma nhw 'di gadel ti mas, odyn nhw? Neu nest di lifio drw'r barie?"

"Roger!" gwaeddodd Mam.

"Ma'n iawn, Claire," meddai Dad. "Jôc o'dd e, ontefe, Rodge?"

Edrychodd Roger braidd yn goch. "Wrth gwrs."

Dechreuodd drymiau guro – roedd yr ŵyl Holi ar fin dechrau. Cododd tri barcud mawr i'r awyr gyda chynffonnau hir lliwgar yn hongian y tu ôl iddyn nhw. Roedd pobl yn taflu powdr lliwgar i'r awyr. Roedd yr awyr yn wyllt fel enfys yn ffrwydro. Ges i liw melyn a choch yn fy ngwallt ac ar fy nillad. Roedd y cwbl yn teimlo fel gŵyl go iawn, gŵyl i'r gwartheg. Roedd hi fel petai pawb yn cael amser da ond trueni nad oedd Kate yna i weld y cwbl, hyd yn oed os oedd y cwbl yn ei gwneud hi'n drist o wybod bod y gwartheg yn mynd i gael eu gwerthu. Sylwais ar Karuna yn rheoli un o'r barcutiaid, yn tynnu ar y llinyn wrth iddo symud wysg ei gefn.

"Gemma," meddai.

Wrth iddo fy nghyrraedd i meddai, "O'n i eisiau diolch i ti, dy fam a dy frawd."

"Am beth?"

"Daeth yr heddlu a chymryd olion bysedd oddi ar fy ffliwt i. Nid fy rhai i o'n nhw i gyd ac ma nhw'n meddwl eu bod nhw'n perthyn i'r bechgyn nath ymosod arna i a thrio dwyn y ffliwt."

"Gwd."

"A dylen ni gyd ddiolch i ti am hyn – yr ŵyl 'ma."

Codais fy ysgwyddau a gallwn deimlo fy mochau yn cochi.

"Ti isie dal y barcud?"

"Iawn 'te."

Pasiodd e'r belen o gortyn ata i. "Bydd yn ofalus – mae'n wyntog."

Cyn gynted ag y cymerais i'r cortyn gallwn deimlo pŵer y gwynt yn fy nhynnu fel petai'r barcud eisiau mynd a hedfan ar ei ben ei hun. Wrth i mi ei wylio'n uchel yn yr awyr, a'r gynffon yn ysgwyd yn y gwynt, anghofiais am bopeth oedd yn digwydd – yr holl ofid. Anghofiais am y gwartheg yn gorfod mynd. Am funud ro'n i'n hapus yn gwylio'r barcud yn symud 'nôl a blaen. Syllais i lawr i weld a oedd Mam yn gwylio a sylwais fod Dad wedi mynd.

"Ble mae Dad?" gwaeddais.

"Bach yn ormod iddo fe, Gemma" meddai. "Mae e wedi mynd 'nôl adre."

Gwenodd, ond ro'n i'n gwybod ei bod yn ypset. Do'n i ddim yn hoffi'r syniad o Dad ar ei ben ei hun, felly rhoddais y barcud yn ôl i Karuna. "Mae'n rhaid i fi fynd, sori."

PEDWAR DEG WYTH

O'n i'n disgwyl i Dad fod yn gorwedd ar y soffa yn gwylio'r teledu pan gyrhaeddais i gartre ond roedd y tŷ yn dawel. O'n i'n meddwl ei fod e'n gorwedd lawr tan i fi fynd mewn i'r gegin a dyna lle roedd e yn eistedd â'i gefn tuag ata i.

Trodd mewn braw. "Gemma! Rhodest di ofn i fi—"

"Sori, Dad."

"Pam bod paent drosto ti?"

Mae'n rhaid mod i'n edrych yn rhyfedd. "Gŵyl Holi yw hi – dathlu'r gwanwyn."

"O... Beth ti'n neud 'nôl mor gynnar?"

"Ddim yn ffansïo aros. Gormod o bobl." Nid dyna

oedd y gwir ond do'n i ddim eisiau iddo fe ddweud wrtha i am fynd 'nôl. Trois y tegell ymlaen.

"Paned?"

"Plis, er gallen i fod wedi neud un fy hunan."

"Ma'n iawn."

"Na, ma'n od, Gemma. Twel, tu fewn ... Yn y jael, ma popeth yn cael ei wneud i chi. Falle bod 'na'n swnio'n dda, ond o'n i'n eistedd fan hyn a nath e ddim croesi fy meddwl i i godi a neud paned o de."

"Nago'dd tegell yn y stafell?"

"O'dd, a theledu a fy allwedd i'r drws," chwarddodd.

"Paid jocan!" dywedais. Daeth y dicter 'nôl. "Bob tro o'n ni'n mynd i dy weld di o'n ni wastad yn gofyn shwt o't ti, ac o't ti'n neud jôcs ond nest di byth ofyn i ni sut oedden ni'n teimlo bo ti yn y jael. O'n ni byth yn neud unrhyw beth nac yn mynd i unrhyw le, Dad, achos do'n ni ddim yn gallu fforddio fe. Nest di'n rhoi *ni* yn y jael."

Berwodd y tegell a diffodd â chlic. Chwyrlïodd y stêm at y nenfwd, fel fy nicter i'n dianc. Am y tro cynta erioed, roedd Dad yn ddifrifol; ond dim yn ddifrifol yn unig, roedd i'w weld yn drist hefyd.

"Ti'n iawn, Gem. Nes i bethe'n wael i chi gyd, ond dyw 'nny ddim yn golygu nad o'n i'n meddwl amdanoch chi bob dydd. O'n i'n gwbod bod dy fam di'n ei chael hi'n anodd, wrth gwrs mod i, ond o'n i

253

ddim isie meddwl am y peth, yn enwedig ar ôl i dy fam-gu ddod i weld fi."

"Mam-gu? Pryd nath hi ddod i weld ti?"

"Ddim yn hir ar ôl i fi fynd mewn. Gath hi real go arna i. Rhoddodd hi fi yn fy lle, ond do'n i ddim yn gallu diodde clywed y gwir. So nes i greu'r teulu 'ma yn fy mhen er mwyn stopio'n hunan rhag mynd yn wallgo. O'n i'n meddwl amdanon ni'n mynd ar bicnic – jyst y pedwar ohonon ni. Fenthyces i gar wrth ffrind a gyrron ni rywle o'n i'n arfer mynd iddo fe yn blentyn …"

Doedd dim byd gen i i'w ddweud. Syllodd Dad drwy'r ffenest. "O'dd yr haul yn gwenu ac ro'dd rhaeadr ac eisteddon ni gyd dan goeden a bwyta'r bwyd. Nes i a Darren sticio'n penne ni yn y dŵr. O'dd e mor oer." Gwenodd. "O'dd y diwrnod yna mor dda. O'n i'n meddwl amdano fe lot."

"Ond ddigwyddodd y diwrnod yna go iawn, Dad," dywedais.

"O'n i ddim yn credu y byddet ti'n cofio. O'dd e amser hir yn ôl."

"Pam roddoch chi'ch penne yn y dŵr, wedodd Darren fod ei ben e wedi rhewi …"

Chwarddodd Dad. "Ma hwnna'n wir."

"O't ti'n gwisgo crys siec, llewys byr. O't ti newydd ei brynu fe, a het cowboi. O't ti wedi bod yn clirio tŷ

254

gyda dy fêt Danny, ac wedi prynu ffrog i Mam gyda'r arian a'r crys a het i ti dy hunan. Brynest di sgidiau newydd i fi – rhai pert. Sandalau coch gyda blodyn ar y blaen a brynest di wisg cowboi i Darren…"

Roedd dagrau yn llifo lawr fy mochau – fel rhaeadr.

"Dw i'n cofio ti'n trio dysgu Darren a fi i sefyll ar ein dwylo, ac yn ystod y picnic nath Mam sgrechian achos bod gwenynen arni hi. Wedest di bod 'da'r wenynen chwaeth dda. Ar ôl y picnic nest di ddringo'r goeden anferth. O'dd Darren eisiau dilyn ond do'dd e ddim yn gallu cyrraedd y gangen isaf. Gwaeddodd Mam arnat ti i ddod lawr gan ei bod ofn y byddet ti'n torri dy wddwg. Est di mor uchel … ti'n iawn, Dad, o'dd e'n ddiwrnod hyfryd."

O'dd rhyw olwg od ar ei wyneb e wrth i fi gofio'r pethau yna. Rhoddodd ei law ar fy un i. "Awn ni 'nôl fanna, bach. Wy'n addo. Gewn ni ddiwrnod mas."

"Na. Rhywle arall, Dad," dywedais. "Bydde lan y môr yn neis … ond paid gwisgo'r het cowboi."

"Iawn!"

Pylodd ei wên yn gyflym. "Ffonies i rywun gynne – holi rownd. Glywes i fod yr heddlu wedi dod â'r brodyr Tobin mewn i'r swyddfa i ga'l eu cwestiynu. Mae'n debyg bo nhw wedi dod o hyd i olion bysedd un o'r brodyr ar ffliwt y boi 'na. O'dd e'n anghywir beth wedes i neithiwr. O'n i ddim yn meddwl yn iawn. Ti'n gweld, ti wedi newid gyment – dy fam, Darren a ti'n enwedig. Wy'n teimlo fel sen i wedi ca'l fy ngadel ar ôl mewn ffordd … ac yn dwp – 'na fel wy'n teimlo. Yn dwp."

"Ti ddim yn dwp, Dad."

Craffodd arna i. "Dyn clyfar sy'n mynd i'r jael a gadel ei deulu a dweud wrth ei fab i beidio mynd at yr heddlu gyda gwybodaeth am ymosodiad, ie? O Gemma, wy'n hollol dwp." Roedd yn gwasgu ei ddwrn nes ei fod yn wyn. Rhoddodd ei wefusau at ei gilydd a chymryd anadl ddofn. "Dw i'n mynd i drio ngore tro hyn, Gemma," meddai. "Wir. Ga i swydd, hyd yn oed os o's rhaid i fi fynd i Gaerdydd. Beth bynnag sy raid. Dw i ddim isie mynd 'nôl mewn fanna. Byth."

"A dy'n ni ddim isie i ti fynd 'nôl chwaith!" Rhoddais fy llaw ar ei ddwrn. Agorodd y dwrn a chymerais ei law. "Dere 'nôl i'r ŵyl gyda fi, Dad."

"Alla i ddim, Gem." Edrychodd lawr. "Ma ofn arna i."

"Mae'n iawn i deimlo ofn, Dad. Dere. Dere at Mam. Mae hi wastad ar ei phen ei hun."

Cododd ac arweiniais Dad drwy'r drws.

PEDWAR DEG NAW

Nes i ddim cyrraedd y ffermdy achos des i o hyd i Kate yn eistedd ar y giât yn syllu allan ar y cae gwag lle arferai'r gwartheg fod. Pan welodd hi fi fe wenodd hi ac o'n i'n meddwl am ba mor ddoniol oedd hi fy mod i ei hofn hi tan yn ddiweddar.

"Iawn?" dywedais.

"Ydw. Beth yw'r holl baent 'ma?"

"Y gwanwyn."

"E?"

Es i draw a phwyso ar y giât wrth ei hochor. "Ma nhw wedi galw'r llo newydd yn Kate," dywedais.

"Cŵl."

"Dylet ti fynd lawr 'na. Ma llwyth o bobl 'na …"

Ni atebodd Kate. Dim ond syllu ar y cae fel pe bai hi'n gallu gweld y gwartheg.

"Sut ma dy dad?" gofynnais.

"Ddim yn grêt. Mae'n mynd i fynd â'r gwartheg i'r farchnad a'u gwerthu nhw. Neith e gostio llawer i'w cael nhw yna ac mae e'n dal i deimlo'n wael am fynd â nhw oddi ar bawb."

"Donna a Kate hefyd?"

Nodiodd. "Nath e a Mam helpu fi i lenwi ffurflen am grant y fferm ddinesig. Ffoniodd Mr Phillips Dad, a dweud ei fod yn syniad da ond o'dd e ddim yn gallu helpu achos bod e'n gweithio i Defra, fel wedodd e wrthon ni."

"Ond bydde'r gwartheg wedi eu gwerthu erbyn i ti gael y grant, on' bydden nhw?"

"Bydden. Credu nethon nhw helpu fi neud cais jyst i nghadw i'n hapus … Sut ma dy dad *di*?" gofynnodd.

"Mae'n od 'i ga'l e 'nôl. Dyw e ddim yn lico bod tu fas gyda'r holl bobl 'na a phopeth."

Cymerodd Kate anadl ddofn. "Dylen ni fynd lawr â nôl y da. Sdim pwynt 'u gadel nhw'n hirach."

"O's beic gyda ti?"

"Na."

"Af i â ti lawr. Bydd e'n gynt."

"Na."

"Pam?"

"Dw i ddim yn gallu reidio beic, ocê?" O'dd yr hen Kate grac yn ôl a'i llygaid yn gul.

"Paid ti â meiddio chwerthin, Gemma."

"Dw i ddim yn chwerthin. Does dim rhaid i ti ei reidio fe – alla i seiclo gyda ti ar y cefn."

"Na!"

Dechreuodd fy ffôn ganu. Mam oedd yna.

"Hia."

"*Ni'n dod â'r gwartheg lan nawr, Gemma ...*"

"Ni ar ein ffordd ..."

"*Mae'n iawn, gallwn ni neud e. Paid becso.*" Ro'dd hi wedi mynd.

"Ma nhw'n dod â'r gwartheg lan."

Nodiodd Kate. "Sdim isie i ni fynd lawr ar y beic 'te."

Cerddodd hi at ddiwedd y lôn a dilynais i, yn ceisio peidio gwenu.

Syllon ni lawr ar y Bryn Mawr isod. O'dd yr olygfa yn hardd.

"Ti byth 'di ca'l anifail anwes?" gofynnodd Kate.

"Ges i bysgodyn aur unwaith. Enilles i fe mewn ffair ..."

"Dyw pysgodyn aur ddim yn anifail anwes go iawn. Pysgodyn yw e!"

"Dal yn anifail anwes."

"Beth ddigwyddodd iddo fe?"

"Rhoddodd Darren Slush Puppy yn y fowlen –

259

a'i ladd e." Wrth edrych lawr ro'n i'n gallu gweld y barcutiaid lliwgar.

"Hei, dyna'r ..."

Wedyn weles i rywbeth arall. O'n i methu gweld yn iawn i ddechrau, o'dd e fel rhyw fath o greadur yn symud i fyny'r mynydd tuag aton ni. Wna i byth anghofio'r olygfa.

Roedd y barcutiaid yn arwain y ffordd ac roedd y gwartheg yn dod y tu ôl iddyn nhw. Wedyn ar ôl y gwartheg roedd pobl, cannoedd ohonyn nhw, miloedd, a phawb yn dilyn ei gilydd. Roedd hi fel petai pawb o'r Bryn Mawr i gyd wedi penderfynu mynd am dro ar yr un pryd – gorymdaith fawr i ddweud ffarwél wrth y gwartheg.

Gwyliais i a Kate mewn tawelwch.

"Ti ddim yn credu eu bod nhw'n dod yr holl ffordd, wyt ti?" gofynnais.

Syllodd Kate arna i, ac yna yn ôl lawr ar yr orymdaith yn nadreddu i fyny mynydd Craig-y-nos. "Gobeithio nag y'n nhw'n disgwyl paned o de."

Pan gyrhaeddon ni'r tŷ fferm dw i ddim yn credu bod rhieni Kate yn ein credu ni.

Ro'dd hi'n rhyfedd pan gyrhaeddodd y bobl, achos roedd rhai ohonyn nhw wedi eu gorchuddio mewn paent lliwgar a oedd yn gwneud iddyn nhw edrych yn

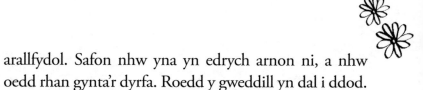

arallfydol. Safon nhw yna yn edrych arnon ni, a nhw oedd rhan gynta'r dyrfa. Roedd y gweddill yn dal i ddod.

Sylwais ar lawer ohonyn nhw yn cario cartons llaeth. Daethon nhw tuag ata i, rhoi'r cartons ar y llawr ac yna troi a cherdded i ffwrdd. Ddywedodd neb air. Roedd e'n eitha brawychus.

Codais un o'r cartons. Roedd e'n drwm ond doedd dim llaeth ynddo fe.

"Mae'n llawn arian," dywedais wrth Kate. "Ma nhw i gyd yn llawn arian."

Gymerodd hi dros awr i'r bobl ddod a rhoi cartons llaeth i lawr. Ond nid dim ond pobl o'r Mawr ddaeth; roedden nhw o'r holl gymoedd.

Helpodd Dad, Mam, Darren a fi i osod y cartons yn y sied odro. Dywedodd Kerry ei bod hi'n eironig eu rhoi nhw yna.

Un o'r pethau eraill am y diwrnod hwn wna i ddim anghofio oedd gweld Siân yn sefyll yna. Roedd hi wedi rhoi carton ar y llawr ac edrych arna i. Wnaeth hi ddim gwenu dim ond nodio'i phen. Edrychais arni. Yna trodd hi a gadael.

Gymerodd hi ddyddiau i ni gyfri pob ceiniog. Roedd yr arian yn dal i gyrraedd hefyd. Roedd pobl yn anfon arian at y papur lleol o Gymru gyfan. Roedd digon i dalu Mr Thomas am o leiaf chwech o'r gwartheg – hanner dwsin er mwyn dechrau Fferm Ddinesig Bryn Mawr.

PUMDEG

Godon ni gymaint o arian yn y diwedd nes i ni allu prynu pob un o'r tair buwch ar ddeg, ac fe gawson ni'r grant ar gyfer y fferm hefyd.

Y peth cynta wnaethon ni oedd clirio'r sbwriel o'r comin. Gawson ni lawer o gymorth. Cafodd y gwartheg bori ac fe helpon ni Mr Thomas i osod ffens yr holl ffordd o gwmpas y comin. Roedd hyd yn oed Mostyn wedi rhoi help llaw – mae'n rhyfedd beth sy'n digwydd wrth gael cyhoeddusrwydd. Des i a Kate yn aelodau cyntaf FDBM, Fferm Ddinesig Bryn Mawr, a Mr Thomas oedd y rheolwr.

Awgrymodd Mr Banerjee a'i deulu ein bod yn

dathlu'r agoriad gyda gorymdaith o wartheg wedi eu haddurno gyda blodau a blancedi lliwgar. Roedd e'n grêt. Rhannodd pobl roddion a bwyd. Arweiniodd Peggy yr orymdaith a chafodd rhywun ei gario'n uchel ar gadair wedi ei wisgo mewn gwyn gyda choron llawn gemau. Dim ond pan ddechreuodd y person ganu'r ffliwt y sywleddolais mai Karuna oedd e. Roedd ei wyneb a'i gorff wedi ei baentio'n las – dw i'n gwybod fy mod i'n dweud hyn o hyd ond roedd e mor olygus.

Dywedais wrth Mr Banerjee. "Ai Krishna yw e i fod?"

Gwenodd. "Ie."

Pan ddaeth y miwsig i ben roedd llawer o bobl wedi ymgasglu o gwmpas Karuna, merched yn bennaf. Dw i'n cofio Mr Banerjee yn dweud wrtha i am y morynion gwartheg yn ffansïo Krishna. O'n i'n teimlo'n genfigennus.

Gwelais i Kate yn cuddio tu ôl i'w mam a'i thad. Roedd hi'n ddoniol ei bod hi ddim yn hoffi bod o gwmpas llawer o bobl. O'n i wastad wedi meddwl nad oedd hi ofn unrhyw beth. Ond roedd hi'n sefyll yno yn edrych fel plentyn bach swil. Es i ati.

"Hia."

Gwenodd. "Hia."

Syllon ni o gwmpas ar bopeth oedd yn digwydd, ac allwn i ddim stopio meddwl bod y cyfan hyn oherwydd Kate a fi.

"Grêt, o'nd yw e?" dywedais.

Nodiodd.

"Wyt ti'n neud unrhyw beth fory?" gofynnais.

"Na."

"Ddof i lan i dy weld di."

"Iawn," meddai.

"Wna i ddod ar fy meic – a gei di dy wers gynta."

Wnes i ddim aros am ateb ac es i draw at lle roedd Darren yn cael ei gyfweld gan y bobl teledu.

"Dwed wrthon ni beth sy mor arbennig am Jane?' gofynnodd y gohebydd.

"Wel, ni'n cael llaeth wrthi, a menyn a chaws …" meddai Darren gan syllu ar y camera fel pe bai mewn perlewyg. "A gallwch chi ddim dweud hynny am gath neu gi neu fochdew, allwch chi? Ma buwch yn llawer gwell." Pwyntiodd at Jane. "Cnoi gwair ma hi. Ma gwartheg yn dod â'r gwair 'nôl lan ac yn ei gnoi e eto. Anhygoel. Dychmygwch pe byddech chi'n gallu bwyta Mars a wedyn dod â fe 'nôl a'i fwyta fe 'to …"

Chwarddais.

Roedd Dad allan o'r carchar nawr ac o'n i'n gwybod ei fod yn dal yn ei chael hi'n anodd bod yng nghanol llawer o bobl. Pan welais i fe o'dd e'n edrych fel pe byddai'n hoffi bod cant o filltiroedd i ffwrdd – rhywbeth oedd ganddo yn gyffredin gyda Kate. Wrth i fi fynd tuag ato fe welais i fe'n cymryd llaw Mam. Teimlais ddeigryn yn dod. Trois i ffwrdd a cherdded o gwmpas ar fy mhen fy hun am sbel.

O'n i'n teimlo fel mod i mewn lle gwahanol, nid y Mawr fel o'n i'n ei gofio – lle hapus gyda phobl yn sgwrsio a chwerthin.

"Helô, Gemma."

Trois a gweld Karuna. Roedd e wir yn las – rhyfedd ond golygus.

"Ffantastic, ontefe?" dywedodd. "A'r cwbl o dy achos di a Kate."

Codais fy ysgwyddau. "Naethon ni ein gore," fel petawn i'n achub deuddeg buwch bob wythnos. "Pryd allwn ni gael gwers ffliwt arall?" gofynnais iddo.

"Heno?"

"Ocê," dywedais gyda gwên. Yna cusanais i fe ar ei wefusau glas.

Ewn neu beth?

"Dere i gwrdd â fy mam a nhad," dywedais wrtho.

Wrth i ni gerdded o gwmpas yr ŵyl oedon ni wrth wylio Mam-gu yn siarad gyda phobl ac yn rhannu caws. Roedd hi mor hapus. O'n i'n cofio'r diwrnod yr oedd hi'n ddiflas yn y glaw yn claddu ei chi, a nawr roedd hi'n sefyll yn yr haul yn siarad gyda phobl am ei buwch a'i chaws.

O'dd e i gyd mor hardd.

PUM DEG UN

Roedd Kate yn gwgu ac yn cydio yn y cyrn fel pe bai ei bywyd yn y fantol.

"Os nei di adel fynd, wna i—"

"Wna i ddim," atebais. "Wrth i ti symud fe fyddi di'n ocê. Ma fe jyst yn digwydd. Wir."

"Dyw e ddim yn teimlo fel se fe'n mynd i 'jyst digwydd'."

Roedden ni ar lôn dawel ar bwys y fferm, achos doedd Kate ddim eisiau i'w rhieni wybod ei bod yn dysgu reidio beic.

"Ocê. Traed ar y pedale."

Roedd breichiau Kate yn crynu. "Paid gadel fynd!"

266

"Wna i ddim."

"Os nei di ..."

"WNA i DDIM!"

Dechreuon ni fynd. Yna clywais sŵn, fel sŵn rhywbeth yn troi. Roedd beiciwr yn dod lawr y lôn ar feic cyflym, mewn Lycra a helmet. Roedd sŵn uchel wrth i'r beiciwr basio.

"Waw!"

Gadewais i'r beic fynd. O'n i ddim wedi bwriadu. "GEMMA!"

Cyn i fi allu ei chyrraedd, aeth Kate yn syth mewn i'r clawdd ar ochr y lôn. Nath hi byth gredu mod i wedi gollwng fy ngafael yn ddamweiniol, ond nath hi lwyddo i seiclo, a dyna beth oedd y prif beth. O hynny mlaen aethon ni i feicio ar y rhan fwyaf o benwythnosau. Aethon ni lawr mynydd Craig-y-nos gyda'n gilydd, heb frecs.

Sgrechion ni'r holl ffordd lawr. Merched gwyllt yn sgrechian nerth ein pennau.